问渠那得清如许
为有源头活水来

从清华走来

心迹与感悟

李石 著

生活·讀書·新知 三联书店 生活書店出版有限公司

图书在版编目（CIP）数据

从清华走来：心迹与感悟 / 李石著.—
北京：生活书店出版有限公司，2021.4
ISBN 978-7-80768-342-1

Ⅰ.①从… Ⅱ.①李… Ⅲ.①散文集–中国–当代
Ⅳ.①I267

中国版本图书馆CIP数据核字(2021)第013836号

责任编辑 李方晴
装帧设计 罗 洪
责任印制 常宁强
出版发行 生活書店出版有限公司
（北京市东城区美术馆东街22号）
邮 编 100010
经 销 新华书店
印 刷 北京隆昌伟业印刷有限公司
版 次 2021年4月北京第1版
2021年4月北京第1次印刷
开 本 787毫米×1092毫米 1/32 印张 9.5
字 数 140千字
定 价 48.00元
（印装查询：010-64052066；邮购查询：010-84010542）

幼年照

本科毕业照

意大利国际社会科学自由大学（LUISS）
博士答辩结束留影

英国剑桥大学访学期间
与政治哲学教授约翰·邓恩（John Dunn）合影

目　录

序　露天里的思结

万俊人

青春似水，记忆如光。不知道回忆是否是专属于人类的一种独特能力，生活在时间隧道里的人总会时不时地回忆自己已然过去的人生。这似乎是一种极为普遍的现象。庚子年注定是我们这个生活世界里所有人都难以忘却的时段，太多引人瞩目的人，太多让人纠结的事，太多动人心魄的故事……争先恐后地“奔来眼底”，几乎要撑破我们的眼球，又像是阵阵狂风猛烈地激荡着我们狭小的心池，撞击我们脆弱的心。可是，瞠目结舌、心脏狂跳的我们却又被惊诧牢牢地钉在原地，动弹不得，并非相望于江湖，而是相互凝视于恐惧与不安之中。

我同样被钉在京郊荒凉的角落，时常近乎呆若木鸡，无聊得很。时至中秋黄昏，突然收到门人李石用微信发来的问讯和她刚刚完成的一部回忆校园时光的散文集文本。读过，始知她是应约为纪念清华母校110周年华诞而专门写作的，内含其求学清华、罗马和北大的人事点滴。也许是因为这部散文集的写作、出版与纪念母校清华110周年华诞直接相关，而研究生三年又是小石记忆较为深刻的一段，所以小石才让曾为“导师”的我为之一序吧?！我如此猜测，未敢求证，大概也无须多此一举。只是我虽然为弟子书作序不少，但多在学术范畴之内，为弟子散文集作序，还真是头一次。

小石是我门内为数不多的几位具有诗人气质和才情的弟子之一。说来有缘，我自己多多少少有些诗吟的嗜好，从北大到清华教书三十多年也总能幸运地“邂逅”诗吟弟子。记得在燕园开招研究生时，未曾见面，先读到唐氏文明君的油印诗集《黑骏马》，读后击节，如饮如醉，自然有诗友初见之感。后转入清华园开招研究生，头一次遇见才女文静，有机会听到她轻轻朗诵的一首小诗，其间一句“我用双手为妈妈梳理乱发，妈妈的岁月从我的指间轻轻地滑过……”让我怦然心动，自然又是喜上心头。紧接着次年春天，又读到李石的几首小诗，其中好像就有《露天》:

“露天，极美的一个词／那是蓝天、白云、绿色窗子和西红柿／正像流传已久的文字？／而露天是一个房间／一个装满一屋子故事的房间……”得吟者接连而三进入柴门，乐之何如！

据说，人类文明之初，诗（学）、史（学）、哲（学）、数（学）、（音）乐、艺（术）……原本是相通的。雅典街头或城外的奥林匹斯山上，智者、歌者、吟者、艺者何曾相互隔膜？子曰：“不学诗，无以言；不学礼，无以立。”这番话至今仍可作人生真理，或者，至少是为学箴言，是对所有文明人说的。谓汝不信？读文读史读哲学或者读诗都可明乎如是。又据说，散文是诗歌的发散型表达，如果说诗发乎心，那么，散文则发乎心情；如果说诗能言志，那么，散文则是人之心志更加自由而自然的言说。要言之，在我个人的理解中，散文是自然弥漫的诗，诗是自由凝结的散文。这是我读小石这部散文回忆所获得的直觉印象。

小石用散文记忆自己的校园青春，其间又不时地用诗来回味自己校园青春的意味，诗文兼综，心情合一，情理自然而自由地流淌于字里行间，读来让人爽目清心。在小石的回忆中，我读到了让她“弃”理从

"文"偶然却又似乎有些必然地陷入哲学的心迹。说来也巧，我自上世纪末从北大转入清华以后，最初招入门下的几位学生中多数竟是诗歌吟者，如，文静、李石等等。我猜想，也许正是他们天赋的吟者诗性和诗兴，使他们总不安分理工科之"科技理性"的严谨约束而滋生逃逸的冲动，哪怕他们原来就读的学科专业都是清华理工科的王牌学科?！至于他们"弃"理从"文"后为何不选择更契合他们诗性自然（本性）的文学或者艺术，而是选择了同样讲究理性逻辑和思辨玄想的哲学，我却至今想不通"其所以然"者。或许，只有用偶然中的必然或者必然中的偶然来解释之，而早在三十多年前，我便将这种"本相"（或是"幻象"）称为"命运"。

从小石的散文集中，我还读到了她从家乡高中经过特试而进入清华，又从清华远涉重洋求学罗马，再从罗马返回北大的求学足迹，或人或事，或长或短，或叙或评，娓娓道来，自然而然。这其中，有一些是我此前有所了解的，但更多的是我第一次读到，其间有些是让小石感觉幸运的人际相遇，另一些是让她觉得有些沉重却难以忘怀的人生经历，还有一些人事遭遇则是让她有所“领悟”、有所“烦恼”、有所“畏”却又能至“不惧”(海德格尔语意)的。

这样的求学经历和人生际遇或许是许多青年学子都曾有过或者正在经受的，但能够将之自言自语式地叙述出来，说与人听，却未必是人人都能做到的。我觉得，这样的回忆或自叙不单需要生存的气量，需要某种生活领悟的能力，更需要一种坦诚复坦然的生活心态。很高兴小石果能如此。文集中，小石完整地发表了她的小诗《露天》，我想这一定是她刻意为之的。露天不是一种自在的空间状态，而是一种主体置身开放空间里的自我袒露，以及，这种置身状态中的主体意识，质言之，一种生存的坦然。只有当你、我或者他/她置身其中并开放自我时，才会感受到“露天”。因此，“露天”在小石的心里是一个“装满故事”的“房间”，而当她用自叙的钥匙打开房门时，心底的“故事”便像空气或者风一样，自由地流动起来，逸出那房间，弥漫大地，如风，如云，越过校园，越过山岗，穿过竹林、小溪，随着无数条流动的河，奔向远方的海；或是，飘向天空，追着云朵、翔鸟，直奔天边……也许，这便是人们常说的“放飞心情”?!

可是，在小石放飞“露天”里的这些“故事”中，我，或者还有许多读者，分明感受到些许难以消散的情愫或者思结，哪怕轻微得像一丝清风、一片流云、一缕薄雾。比如，小石转系前后的迷茫；独自飞往意大利罗马求学之初的忐忑；还有，她对清华诗社岁月刻骨铭心的留恋；以及，求职碰壁时的失望和伤感……纵然不说是愁结千千，也还留思结不断，一幅曲水流觞的模样。这当然只是我个人的读后印象，未必算得上知音听琴，更何况代际年龄的落差，小石文字中的青春意味，我这位年过花甲的昏然长者又如何领会得来？仅以曾经的老师之名，姑妄猜之言之，失当之处，小石恕我，为盼为幸！

总而言之，小石这部文集所记，都是她依旧记忆犹新且自觉值得诉说的故事，无论清晰还是迷惑，也无论是非好坏，存活于心，激动于怀，于是便有了这些自我叙述！作为旁观者和最先的聆听者，我以为，她的这些自我叙述都是很值得一读的。“不以物喜，不以己悲”（范仲淹《岳阳楼记》语）原本是中国文人一向推崇的人文情怀，能够坦然地将这些自身经历和感受的故事记录下来并刊布于众，自然也是一种不乏从容和自信的人生姿态，更是一种自我负责的生活态度。

承蒙小石信任，一声“请师父作序”外加一个感叹号，让我感到几分亲切，更多的是“且为人师”的责任。如前备述，我是不谙散文或传记类作品之序事的。唯其关乎“个人知识”（波兰尼语），极易失之主观偏好而难以达于客观平实，所以写起来有些“怯怯然”而不知所云。好在小石的学术人生尚在初步，前程未可限量，她的“露天”故事原本是她对自己记忆和思结的阶段性梳理，而我在写这篇所谓“序言”的时候，也时刻在提醒自己，只谈直观读感，无关陟罚臧否。我想借此表达的意思仅仅是，欣赏她的文字，但更欣慰她的这种抱着谨慎和反思的心态，在不断前行的路上驻足回首，并借助回溯以往来思考继续前行的方向与节奏所表现出来的一份从容悠然，这让向往白云悠悠般人生样态的我，学到了许多。我们的时代和生活在这个时代的我们似乎都过于急促，有些急躁，想办法让我们自己的匆匆脚步慢下来，寻找人生旅途中的驿站，停下脚步歇一会儿，未必不是件好事。想到这里，我甚至有些激动地相信，这本文集的一些读者也会同我一样，读之如饮，禅茶一味，感从中来。

且为序，所望焉。

庚子年立冬日前后急就于京郊悠斋

辑一

园子里的故事

清华园，偌大的一个园子，每时每刻都发生着许多有趣的故事。我的故事只是其中很小很小的一部分，却像一滴晶莹剔透的露珠，折射出其中的五彩斑斓、变幻莫测……

幸运的背后

翻开我的履历，大多数人都会认为我是个幸运的人。尤其是在学业上，自从中考之后，我就似乎没有经历过决定命运的考试。保送上大学、保送读硕士，申请博士留学、申请博士后工作……一路走来顺风顺水，基本没耽搁。然而，就像观赏绚丽惊险的花样滑冰的观众们看不到运动员在练习时会摔倒多少次，会付出怎样痛彻心扉的伤痛一样，没有人确切地知道，在这些幸运的背后都是什么。是明智的选择、残酷的竞争、亲人的鼓励，是坚持，是无奈，甚至是悲天悯人，这一切只有我自己最清楚。

一、一臂之力

二十多年后，我的高中同学们仍然会谈起我高三保送清华这件事，就像这里面一定有什么不可告人的秘密似的。然而，当我回忆起二十多年前那个夏天发生的一切时，我却只能找到一个原因，那就是“幸运”。当然，幸运之所以眷顾于我，还缺不了父亲最终助我的“一臂之力”。

那是1997年的6月，我父母刚结束了一年的非洲之行，回到贵阳。他们回来的第二天，学校里就发布了一个关于“清华保送生”的通知。通知里说：清华大学要在贵州省招收两名“保送生”。（后来我才知道，清华每年会在全国招收大概90名具有领导才能、各方面综合素质较好，同时成绩也很优秀的学生。这些保送生被称为“干训保送生”。他们进入清华后会直接担任各班的班长或团支书，并参与组织学生活动。当时，清华每年大概招收90个班，每个班30人。）保送通知里明确指出，这两名学生会直接进入化学系化学专业。（按道理说，“干训保送生”并没有明确的专业限制。但是，到贵州招生的老师是化学系的，他大概非常想为化学系招到优秀的学生，所以限制了专业。）关于保送名额的分配，由于贵阳一中是贵州省最好的高中，每年考上北大清华的学生最多，因此，一个保送名额分给贵阳一中，另一个保送名额则留给贵阳市以外的学校竞争。

接到这个通知后，我第二天就毫不犹豫地报了名。一方面，我对于专业还没有什么特定的偏好。分文理科的时候，父母曾建议我读文科，但我一心想着要参加省里的数理化奥赛，所以执意要上理科。临近高考，我还一直怀着要当科学家的梦想，对于身边正在兴起的“经济浪潮”毫无知觉，也还没有考虑今后要做什么样的工作。另一方面，我的成绩在全校排在第一阵营靠后、第二阵营靠前的位置，这样的成绩发挥得好能考上清华北大，发挥不好就考不上清华北大。

与此同时，出乎我意料的是，学校里那些处在第一阵营的“学霸们”都没有报名，大概是由于专业的限制，这些好学生都情愿凭自己的努力考热门专业。另一方面，有传闻说学校里准备要推荐某位王姓大官的儿子参加竞争，但这位王姓大官的儿子与我正好是初中同学，他的成绩当时在班里处在中间位置，而我在初中一直是全校第一第二的成绩。后来，不知怎么他就自动放弃了。最后，学校推荐了七八个成绩在全年级前20名左右的同学参加面试。我幸运地成为其中一名。

面试那天，我穿着妈妈自己设计的红色灯芯绒蝙蝠衫，梳着短短的头发，拎着一大袋子证书就去了。这些证书里有“会考9A”证书、数理化省级获奖证书、手风琴全国比赛获奖证书、篮球比赛获奖证书等等。面试老师细致地询问了学习、课外活动以及做班级干部（我当时是班里的学习委员）的各种情况，最后还进行了英语口试。

我自己感觉面试效果很好，给老师留下了不错的印象。面试过程还被录制下来，在第二个周一的校园新闻里播放，让我一下子成了学校里的名人。面试之后，清华大学的招生老师选取了两个候选人进行笔试，而我又一次幸运地成为其中一员。

笔试是在学校的一个会议室里进行的，屋里就我们两个竞争者和招生老师。考题包括数理化和英语，考试时间两小时。题量不大，但非常难。现在回想起来，这应该是我考过的最难的一次考试，再没有经历过比它更难的。考完之后，我整个人都崩溃了，沮丧到了极点，好几个星期都打不起精神来。我觉得我一定上不了清华了；而保送不成，我也不敢报考了，清华梦碎。我似乎在真正的战斗之前就被打倒了。

招生老师临走前给我们两个竞争者留下了一些表格，让我们在一个月之内填好寄到清华大学招生办。我当时就像一个泄了气的皮球，根本没有心思去填这些表格，只是每天机械地去上学，尽量不让自己再受到“保送清华”这件事的影响。父母也尽量不和我讨论这个事，怕影响我复习的心情。

很快，一个月的期限就要到了，就在最后一天，父亲突然问我填表的事。我嘟囔着说，没填，没希望了。父亲并没理我，只是把表格都翻出来，开始帮我填。填着填着他突然发现，有些地方还要去学校和教委盖章，又急忙跑出去到各处盖章。傍晚时父亲才回来，脸上挂着欣慰的笑容，对我说，表格终于全都盖好章寄出去了。我当时并没有特别高兴，也没有觉得这件事意义有多么重大，只是机械地点点头。

父亲平时从不过问我的学习，从我很小的时候就是这样。他也从来没有去开过家长会，甚至有时候还会记错我在上几年级。他平时总是晚出晚归，我去上学的时候，他还在睡觉；我都上床睡觉了，他还没回家。所以，我们虽然住在同一个家里，有时候却会好几天见不着面。然而，这样一个让我有一些“生疏”

的父亲，却在我人生中最关键的时刻，助了我关键的“一臂之力”。

两个月之后，我作为“干训保送生”，提前一个月去清华大学报道了。来到北京，来到梦想中的清华园，我兴奋无比，就像挣脱了牢笼的小鸟，尽情地飞翔。我把家乡、父母、高中同学……都抛在脑后了，居然一个月都没想起来给家里打电话，急得我妈都快到北京来找我了。

后来，我在化学系见到那位到贵阳招生的老师，他笑着跟我说：“我们还以为你不来了呢。招生办都快停止收材料了，你的材料才寄到。”我不好意思地回答：“我笔试感觉太差了，还以为自己考不上了呢，所以……”老师接着说：“是啊，你很幸运，你的笔试成绩只比另一个同学高一分。”一听到这句话，我的眼泪夺眶而出，我似乎突然感受到了父亲对我的爱和给我的力量。那个很少关心我的父亲，那个很少夸奖我、甚至时不时地嘲笑和讥讽我的父亲，那个爱和妈妈吵架的父亲，那个离我的生活越来越远的父亲……曾在我生命中最关键的时刻扭转了我的命运。

二、坚持的力量

我刚进清华的时候并不是体育生，但因为我小时候在家乡练过游泳，而且也很喜欢游泳，所以就毛遂自荐地进了清华大学游泳队。

游泳队每周至少训练三次，夏天在靠近学校西门的西湖游泳池，冬天在西体育馆老旧的室内小游泳池。西湖游泳池是露天的标准50米泳池，在这样的泳池里能够进行比较规范的训练。西体育馆的室内小游泳池长度大概只有20米，所以训练时就得不断地转身。转身之后，再一蹬壁，划两下，就能到泳池的另一端。实际上，训练效果很不理想。但是，游泳队员们并没有嫌弃这个小池子，反而有几分自豪。因为，听说毛主席也曾在这个泳池里游过泳。

游泳队的其他队员都是体育特长生，成绩自然都比我好。我在游泳队里的成绩是垫底的，但这并没有削弱我对游泳的热爱。一方面，我对在集体里处于落后状态的承受力比较强。这大概是因为我小时候在家乡游泳队里的成绩就一直是倒数。我父母望女成凤心切，让教练给我加大训练量，还不断强化我“吃苦耐劳”的品性。但是，根据教练的判断，我的身体素质并不适合游泳。在从教练嘴里听到我无论如何努力最多不过拿个省冠军这样的论断后，父母果断地让我放弃了游泳训练。因为，这离他们的期望实在太遥远了。另一方面，虽然我在游泳队找不到价值感，甚至会受打击，但我确实喜欢游泳时水流划过身体的感觉。训练时，我甚至会哼着流行歌，感受着水流快速地从身边划过，而我就像一条快乐的海豚，在浪花之间上下翻动。即使训练很累、很漫长，我也不会觉得枯燥。

在清华游泳队里，我的遭遇也是类似的。教练并不特别地指导我，大概因为即使指导也游不出比赛拿名次的成绩。只是让我跟着别的队员游，在长距离训练时，我总是最后一个出发，喝着前面队员的“洗脚水”，有时还会被游得快的队员超一个来回、两个来回……我也曾打过退堂鼓，心想自己没必要找罪受，觉得自己在游泳队里很没面子，自尊心快要绷不住了。但转念一想，我如果不参加游泳队，出于爱好，我也会天天来游泳，而且还要买游泳票。所以还是留在游泳队好，至少可以省了买游泳票的钱。后来，我也就不想这么多了，只是硬着头皮跟着游泳队训练，抓住一切机会向其他队员和教练学习，提升自己。

没过多久，真正考验我自尊心的时刻到来了。1999年夏天，清华游泳队要参加首都高校“热浪杯”游泳比赛。教练让队员们报项目，我的长项是短距离自由泳。但是，像50米、100米自由泳这样的项目，竞争会非常激烈。我考虑再三后告诉教练，我想报最长距离的1500米自由泳。教练非常惊讶，用怀疑的眼光看着我：“你能游这个项目吗？长距离很耗体力的，你平时的训练量都不够啊！”我想说出自己的理由，但没好意思开口。教练迟疑了一下，接着说：“这个项目报的人少，是吧？嗯……那行吧，那你就报这个吧。不过从今天开始，你就得加大训练量了。”

从那天开始，我便天天去训练，并且加大训练量，为1500米自由泳比赛做准备。当时，也有好心的队员劝我说，你别游这个项目了，1500米落在最后，姿势都会变形的，到时候所有人都看着你。听了这些话，我好像已经置身比赛的泳池：来自北京各高校的运动员、教练员都在盯着一个被人超了好几个来回、姿势变形的游泳者，我真的觉得该有个地缝让我钻进去比较好。但我仍然认为，我的策略是可行的：报1500米自由泳项目的选手一定很少，没准我只要坚持游下来就可以拿到名次，这也许是我此生之中仅有的一次参赛拿名次的机会了。(小时候在家乡游泳队训练时，每次比赛我都没被选中参赛，大概是形成心理阴影了。)于是，我继续硬着头皮，每天训练，饭量激增。每次训练完都能吃下小盆大小的一碗刀削面。

6月，比赛临近，因为训练量太大，我甚至失眠了。每天晚上睡不着，时刻处于兴奋状态。幸好，离比赛已经没有几天了，否则，我可能真的挺不住了。比赛当天，我一反常态地轻松而兴奋，同行的其他队员都或多或少有些紧张，而我心里只想着“坚持游下来就行”，心里似乎没有一点压力。出发前，教练给每个队员嘱咐最后的战略战术，而对于我，她只有一句话：“坚持游下来！”

比赛进程与我所预料的如出一辙，1500米自由泳项目只有两名选手参赛。另一名选手从一开始就遥遥领先，比赛过程中超了我好几个来回，早早地上岸休息了。而我却一直缓慢而倔强地在水里划行，后半程泳姿变形，速度更慢；在最后几个来回的挣扎中，我几乎能感受到队员们和教练们的不耐烦。——当然，在我游到最后一个来回时，终于听到了队友和教练的鼓励和加油声。那时，我的双臂已经失去了知觉，只是机械地划动着；双腿像灌了铅一样，抬都抬不起来。在最后触壁的瞬间，我抬起头来，看见了教练脸上的微笑。

当我爬出水面，坐在水边喘气的时候，我几乎不敢相信这是真的：我为清华大学游泳队争得了一枚银牌。

那天之后，我决定退出清华游泳队。我去跟教练说自己的想法，因为我不是体育特招生，所以教练也不便挽留，便答应了我。临走时，教练说："以后有比赛，你还来。给我们打个补丁。"我微笑着点点头，我想，这也许是对我游泳生涯的最大认可了。

离开清华后，我时常会想起这段训练、参赛的经历，也时常会把我好不容易挣来的这枚银牌拿出来摸摸、看看。虽然我很少跟人说起这块银牌后面的秘密，但我从未因获得这枚奖牌而感到一丝羞愧，反而时时感到它给我带来的力量。在嘲笑、怀疑，甚至是怜悯中坚持自己，在关键时刻硬着头皮上，也许正是幸运的另一面。

三、悲天悯人

那是我在清华化学系本科学习的第三年。那时，我已经被人文学科深深吸引，打定主意要转到人文学科继续深造。清华当时的推研政策是很宽松的，只要学生符合推研资格，就可以到任何一个自己感兴趣的专业面试，如果通过专业面试，即可进入该专业学习。我当时打算到哲学系参加面试，但前提条件是，我必须具备推研资格，而其中最基本的一项就是不能有期末考试不及格的科目。

按理说，这对于我来说并不是一个很难达到的要求，我当时在班里学习成绩排在前十名，各科成绩基本都在七八十分以上。但是，大三第一学期的线性代数却让我非常头疼。一方面，平时参加人文活动太多，挤占了不少学习时间；另一方面，线性代数的作业也没怎么做，快到考试了也没有打破自己的生活规律挑灯夜战，还是天天熄灯时间就上床睡觉。线性代数考完之后，我感觉自己可能会不及格。连续好几天，心情都非常沉重。一想到如果这门课不及格就会影响到推研，并最终使我失去由理转文、实现哲学梦想的机会……我就吃不下饭、睡不着觉。我也曾想着要找老师说说情，但又苦于没有联系方式，脸皮也不够厚，一直不好意思去。

考试之后没几天的一个中午，我裹着羽绒服，心情沉重地去宿舍门口的七食堂（现在的清芬园）打饭。快到寒假了，北京的冬天很冷。没想到，一走进食堂，我就看见教线性代数的老师正牵着他老伴、拿着饭盒准备打饭。我心想，这真是天助我也！立马就想奔到老师面前，嘘寒问暖，鞍前马后帮忙打饭找座，然后再顺便提及自己的考试情况。然而，就在走过去的时候，我却迟疑了：老师年纪很大了，头上顶着稀疏的白发，颤颤巍巍地拉着老伴，在人流涌动的食堂里，显得有些困惑和迷茫。我站在远处观察，老师此时好像刚刚搞清楚食堂打饭的程序，带着老伴选了几个菜，刷了卡，准备找地方坐下。我开始觉得，如果此时自己过去打扰这两位好不容易在闹哄哄的食堂里找到一张干净的饭桌、正准备坐下来吃一口清净饭的老人，实在是太不人道了，况且还要向老师求情、要求改分数……我越发觉得自己是个龌龊小人。我甚至对这两位老人生出了些许怜悯，对自己原本想做的事厌恶至极。

我打了饭，找了一个座位坐下，远远地看着两位老人相互关照着吃饭。那两个因衰老而不再挺拔的身躯，像两个弱小的动物，在陌生的丛林里，小心地相互保护着。我默默地注视着两位老人吃完饭，直到他们颤颤巍巍的背影穿过七食堂的门帘，留在我的脑海里。那一刻，我几乎要哭了，不知道是为我自己，还是为了别的什么。

那天之后，我不再想着线性代数考试、保研、机会、前途……这些让人发狂的事，只是按部就班地去图书馆看我喜欢的萨特和尼采，静静地等着分数的到来。几天之后，我紧张地到机房查分，线性代数：61分！看到这个分数，我快要叫出声来了。我立刻奔出机房，狂喜地骑着自行车在校园里乱逛，然后又去买糖葫芦吃。

吃着酸酸甜甜的糖葫芦，我想起几天前在七食堂偶遇两位老人，还有他们颤颤巍巍的背影。我在心里默默地和他们握手。我相信，我那天的悲悯之心，一定传递到了两位老人的心里。

在做了多年的老师之后，我终于明白，其实，老师同样也会悲悯学生，尽量让他们走好人生的每一步，这样的悲悯，原来是老师和学生都有的。

四、残酷竞争

我一直犹豫要不要把幸运的另一面写出来，要不要把光鲜亮丽的形象的背面展示给人看。这样做，会不会破坏了母校在人们心目中的形象，会不会消解了某种神圣……然而，我还是决定实话实说。因为，这就是生活，这就是现实的复杂性。

物极必反，这大概是一切事物运行的规律。保送清华大概是我人生中最幸运的时刻。紧接着，在进入清华大学的第一年，我就跌入了人生的谷底。多年之后，当我回想起这段经历，只能感慨，一切都是因缘聚会：有因必有果。

我大概是带着光环进入化学72班的：手风琴特长、游泳特长、“干训班”、一开学就当班长……这些标签让我成了众人眼中的红人。然而，在入学考试之后，我就立刻现出了“黔之驴”的原形——各科成绩都垫底。贵州的教育质量是“有口皆非”的，高考平均成绩要比别的省低好几十分，再加上我这个幸运的保送生没有经受高考的洗礼，因此，在进入清华的第一学期，面对繁重的学习任务和激烈的竞争，我感受到了空前的学习压力。

当时，我突然发现老师讲的课我都不太听得懂，而别的同学却早已对课上的内容烂熟于心。特别是微积分之类的科目，绞尽脑汁也不会做作业，最后只能抄别人的作业交。为了听清老师到底在说什么，我总是起得很早去占座，结果却因为起得太早，常常支撑不住，上课时就睡着了。有一次甚至睡到下课，别的同学都换教室了，我还迷迷糊糊没睡醒。记得当时体育要考军体拳，为了应付各科的学习，我甚至连军体拳也打不好、记不住，体育成绩也垫底。大一第一学期，我真是使出了吃奶的力气，才勉强保住了各科成绩都及格。

全国最优秀的学生集中在一起给人的压力是难以想象的。这种压力，以及每一个优秀学生在清华感受到的心理落差，都是难以承受的。除了少数佼佼者还能继续保持优势外，其他大批昔日的优秀学生都不得不接受成为中等生、甚至差等生的现实。有些人就此沉沦了，有些人甚至陷入了绝望……就在我们入校的前一年，一个曾经很优秀的学生在第一次期中考试之后就从主楼上跳下去了。

然而，给我压力最大的并不是学习，而是同学关系。对于我这样一只原形毕露的、还当着班长的“黔之驴”，当然会有人不服气。尤其是真正的学霸。我和山东省的状元住在同一个宿舍。四个女生，两个上下床。狭小的空间里萦绕着恶毒的敌意。

她先是拉帮结派地孤立我。班里就七个女生，她对其他五个都很好，唯独对我充满了挑剔和指责。在团结好其他同学、在班里拥有了不小的威信之后，她开始处处质疑我作为班长所做的各种事情，再旁敲侧击地嘲笑和讽刺我的学习成绩。基于我的成绩和我所拥有的“权力”之间的巨大落差，她似乎对我产生了极大的仇恨。

举个例子，一天晚上，宿舍里的室友们聚在一起看电视，看得有说有笑。我虽然想睡觉，但也睡不着，就从上铺爬下来，准备和她们一起看。看到我也想加入，这位霸道的状元开始拍桌子、打板凳，大发雷霆，甚至冲出房门，在楼道里骂我。我这只山里来的“黔之驴”从来没有遭遇过如此的“动物凶猛”，很快对她产生了深深的畏惧，甚至对班里其他女生也产生了某种畏惧和不亲近感。有一次，在狭窄的楼道里看到她迎面走过来，我正和化学71班的一个女生走在一起。

我下意识地说了一句“好害怕呀……”。71班的女生不解地问：“你怕她干什么？你比她高那么多！”可是，即使我大概比她高20厘米，我还是害怕。那时候我看到她，甚至会觉得全身发冷。

为了消除她对我的怒火，我也曾试图与她沟通。一天晚自习后我约她在七号楼门口聊聊。聊之前，我回了一趟宿舍，却不小心把开水瓶打翻在地，玻璃碎了一地。惶恐之间，我真想大哭一场，为了我难以收拾的破碎心情。“沟通”必然是没有效果的，就像弱者与强者之间没有谈判的余地。“沟通”过程中基本上都是她在说：她全盘否定了我的“班长工作”，而我只能唯唯诺诺、点头哈腰。

充满敌意的同学关系、充满压力的紧张学习，劳累、冰冷、苦闷……我就这样熬过了地狱般的大学第一学期。

暑假回家，我在父母的逼问下说出了自己受到的欺负。父母听后很气愤，就开始给我支招。母亲分析，这位状元欺负人的主要原因就是因为我是班长，所以建议我辞去班长一职。父亲的核心思想是，一定要和她正面交锋一次，不论是吵架还是打架，一定要赢。

开学后，我认识到当时的核心任务是先把各科成绩搞上来，便果断地辞去了班长一职。（再者，清华大学这种“双肩挑”“又红又专”，或者说“哲学王”的教育确实不太适合我。）紧接着，一天在水房洗衣服的时候，她又向我挑衅，我便借机和她大吵起来。我使出了全身的力气和她嘶喊，就好像这半年多来所有的委屈都随着这嘶喊声喷涌而出。各个宿舍的女生都被这震天动地的喊叫声吓坏了，跑出来看发生了什么事。她也感觉情况不对，便灰溜溜地回宿舍去了。最后，71班的女生过来安慰我，把我劝回了宿舍。回到宿舍，我感觉嗓子不舒服，甚至咳出血来。

我本以为，那天之后，她不敢再欺负我，我也不用再害怕她。谁知道，她对我的怒火并没有熄灭，只是改成了另一种形式，一种偷偷摸摸的形式。

在那之后，我们宿舍里经常会出现一些针对我的“灵异事件”。比如，临近期末考试，我的笔记本突然不见了，急得我像热锅上的蚂蚁，到处借笔记抄；我在图书馆借的书也会不翼而飞，让我白白赔了三倍的价钱；我的擦脸油里面莫名其妙地被灌满了水（幸亏是水）；还有一次，我在上铺嗑瓜子可能声音有点响，她在下铺看书，结果第二天，我的瓜子里就全是水，都泡软了。

我也申请过调换宿舍，但学校和系里都没有当回事。所以也只能维持这种令人寒心的冰冷关系。

然而，正像“否极”会“泰来”一样，我的命运也有峰回路转、柳暗花明的时刻。正是从那时开始，我慢慢地开始对人文学科产生兴趣。我经常在图书馆看书到很晚才回宿舍，积极参加各种各样的人文活动，认识更多的人，做更多的事。我慢慢发现了一个比宿舍大得多、比班级大得多、比化学更有趣的世界，甚至还收获了爱情。

幸运与不幸或许都是动态的，幸运中暗含着危机，不幸让人蓄积奋起的力量。命运无常，无可参悟，而幸运则一定会眷顾那些把命运捏在自己手里的人。

露天，极美的一个词

> 我在露天的小屋里消磨了不少的时光，小屋有唯一的一扇东窗，近处是一片瘦瘦的垂柳，孩子般的纤弱，不时款摆着柔腰，似乎在诉说着某个凄美的故事；远处是澡堂的烟囱森然干霄，间或有几抹灰烟淡然飘逝，去追逐光阴纷扬的碎片：这些再熟悉不过了。

这段文字是《露天报》第九任主编在2000年新世纪来临之际为纪念《露天报》创刊七周年而写下的。这篇纪念文章的标题是《天天天蓝》，当时露天社的社员们曾为其英文翻译应该是“Day Day Day Sunny”还是“Day Day Day Blue”争论不休。二十年后的今天，当我回想起在露天社度过的岁月，“sunny”和“blue”都涌向心头，五味杂陈、难以言表。

露天社最初发端于影协，是影协下属的电影文化报社，而影协的第一任社长便是大名鼎鼎的胡钰（现为清华大学新闻与传播学院教授）。后来，露天报社从影协独立出来，继续组织着校园里的各种电影文化活动，还张罗着校园里唯一的一份电影文化报纸。清华园里流传着许多关于露天社的故事：搬小板凳看露天电影、社员通宵达旦排版《露天报》、电影明星做客露天沙龙、露天剧场一票难求、元旦通宵电影晚会媲美“西大（操场）狂欢”、露天社社员原创剧本获奖……露天社，渐渐活成了清华园里的传奇。

“露天电影”时常能见证莘莘学子的爱情，这是露天社成为传奇的一个重要原因。我加入露天社，是S君推荐我去的。一到露天社的小办公室，我就被社员们对电影和人文的热情感染了。大家聚在一起讨论“露天剧场”放什么电影，你一言我一语地争论电影的好坏、演员的演技、电影延伸出的内涵和意蕴……定好片子后，大家就分头行动，一些同学写海报，一些同学贴海报，社长负责和大礼堂经理联系电影胶片，副社长负责收钱卖票……欢声笑语、井井有条。

露天社放映最多的是两种电影：爱情片和恐怖

片，而这两类电影都是恋爱中的男生女生最爱看的。记得我刚进露天社时，有一次和S君一起看露天剧场放映的《甜蜜蜜》，黎明和张曼玉演绎的青涩恋情让我们极为感动，而邓丽君的歌声则如天籁般甜美动听。在那之后，我就经常坐在S君的自行车后座上，哼着《甜蜜蜜》的曲调，想象着我俩就像黎明和张曼玉一样相爱。

有一年的女生节，露天剧场放映的是张柏芝主演的《星愿》。那时，我已经是露天社的社长。我印象很深，在大家讨论的时候，一个大二男生特别激烈地主张放《星愿》。虽然有社员不同意，我还是做主放了这部电影。后来，这个男生私下里感谢我，告诉我他们看了这部电影后，他向心上人表白成功了。后来，他的心上人也成为我的社员。那时，我第一次意识到电影的力量，好的电影能让人们感同身受，帮人们留住那些美好的瞬间。

露天剧场也放过好几次恐怖片，每次要放恐怖片，社员们都特别激动。记得有一次，社员们决定放老版的《画皮》，有一个女生自告奋勇地写海报。后来，我们看到她写的海报标语是："惊悚恐怖片，让你彻夜无眠！”还专门用红色颜料滴上去，像血流下来一样。其实，老版的《画皮》一点也不恐怖，但校园里的男男女女都被海报忽悠了，成双成对地来看电影。

露天社能成为传奇，还因为其开放的精神。“露天社”的英文是“Open-air Association”。社员们是这么解释OPEN这个字母组合的：Original（开创）、Persevering（坚韧）、Enterprising（勤勉）、Natural（自然），这四种品质被社员们称为“露天精神”。

露天社合影

最能体现露天精神的要数露天社的特色活动“露天电影”。2001年夏天，露天社举办了一次免费的露天观影活动。在东操场外面的篮球场，巨大的银幕早早地立了起来。下午，天还没黑，社员们都来了，激动地等待着夜幕降临的时刻。夏日的傍晚，凉风徐徐、霞光微现，期盼已久的同学们三三两两地走来：搬来宿舍的凳子，趿拉着凉鞋，摇着折纸扇，悠闲自在。晚上7点钟，电影准时开始，放映的是周星驰的《大话西游》。那时，这部电影刚刚开始在国内高校流行。之前，《大话西游》票房惨淡，几乎注定了惨败的结局。但是，无厘头的幽默似乎恰恰是清华学子能懂。开始，这部电影悄然在水木清华BBS上成为热门话题；接着，校园里有更多同学开始关注这部影片；直到电影中的各个细节都被同学们背得滚瓜烂熟，模仿得惟妙惟肖，甚至演绎出新的版本。那天，在放映过程中，同学们不断爆发出肆无忌惮的笑声、喊声、惋惜声……好一个自由浪漫的仲夏夜之梦！

露天社能成为传奇，还得益于一份同学们喜闻乐见的报纸。所谓“人文”不过是“人”和“文”的组合。围绕“人”，会发生千奇百怪的故事，这些故事在电影中不断上演；“文”则是观影者的思考，观点、心得、感想……通过不断地书写而得到交流。

让人倍感骄傲的是，露天社的运营是自负盈亏的：收入来自露天剧场的盈利，这笔钱一方面要付电影胶片的租金，另一方面还要付每期《露天报》的印制费用。《露天报》是免费发放的，每期印数2000份，这是露天社最大的开销。有时候，露天社会入不敷出，社员们就想办法拉赞助。最后，印报纸的复印店同意每期报纸赞助露天社500块钱，条件是在报纸上给复印店印一条广告。

解决了资金问题，社员们就可以安心地编报纸了。露天社最初是以《露天报》为中心发展起来的电影文化社团。因此，露天社的每任主编在社里都享有很高的声誉。我在露天社时，《露天报》的主编是S君。S君会使用方正的报纸排版系统；在报纸付梓的前几天，S君总是在露天社的办公室里挑灯夜战；S君能写好长的文章，甚至在报纸上开专栏……S君深受社员们景仰。当然，露天社的所有社员都会给《露天报》投稿，这些稿件中有影评，有诗歌，有散文，甚至还有小说。我自己就经常投稿，写过《甜蜜蜜》的观后感、题为

《清华女生》的散文，还有许多诗歌。1999年末，为迎接新世纪的到来，露天社出版了一期八个版面的报纸。报纸印出来，拿在手里厚厚的一沓。我站在七食堂门口，把报纸送到一个个素不相识的同学手中，那种沉甸甸的感动，让人至今难忘。也许，正是这种纯粹出于兴趣的执着，不计回报的付出，日复一日的坚持，延续了清华人文的脉动，让“人”和“文”延绵不绝、生生不息。

露天社之所以会有传奇色彩，还因为它的成立和发展与许多著名人物的名字联系在一起：胡钰，露天社的老祖宗，是清华第一届“十杰”;《露天报》创刊之初，曾任清华校长的张孝文为报头题字，而清华的老书记胡显章曾两度为《露天报》题词；著名导演陈凯歌曾做客“露天沙龙”，与清华学子畅谈《霸王别姬》;著名学者张岂之、杨东平等也曾受露天社之邀，与清华学者交流电影文化……露天社可谓名人辈出，叱咤风云。

露天社自成立以来，几乎年年都被评为清华“十佳社团”；2001年，鄙人还因露天社而夺得了清华历史上唯一的“最佳女社长奖”。

露天社放电影，时常盛况惊人，5块钱一张票，买票的人从大礼堂一直排队到二校门。

…………

露天，清华人心中的传奇，一个极美的传奇。

露天，极美的一个词

露天，极美的一个词
那是蓝天、白云、绿色窗子和西红柿
正像流传已久的文字？
而露天是一个房间
一个装满一屋子故事的房间
要知道，我时常独自在这里感受
夏日五点钟的阳光

如丝绸般的缘分
在阳光中翩翩而至
犹如一朵结着愁怨的丁香
让整个房间充满了神奇

多少年了
没有人能够知道
那些熟悉或陌生的人
谁曾陶醉于这丁香的神秘
曾在这里放飞了欢笑
又结了怎样的愁怨

没有人能够知道
那些不知寒暑的夜晚
有谁在这里静听风雨
指着星星说下誓言

没有人能够知道
那些激情澎湃或是缠绵悱恻的时刻
是谁曾轻轻抽泣
又是谁掀开了岁月的窗帘
泄露春夏秋冬的秘密

当墨香四溢的文字间溜掉的
多少动人的故事

都成了往事
还是，没有人能够知道
这陶瓷茶杯里热气升腾的秘密

如果墙会说话
也许，她会保持沉默，在低眉含笑间

我与火石

我是2000年元旦开始写诗的。或天意？或人为？这一天我是不会忘记了。

接下来是一些平淡的日子，在浓重的开端之后，一切都显得没有诗意，我想，应该等诗来抓住我，而它一直没有来。

直到旧年的年底，2月的寒风分外凛冽，一个人在北京，倍感凄凉，而家乡传来的消息，更是让人伤心，在孤独与忧伤中，只能对着自己抒情了。从那以后，我就“何以解忧，唯有诗歌”了。

与此同时，忧伤中写出的诗歌也常常给我带来一些快乐。先是《清华女生》登了我的两首短诗，还付了稿酬，给了我不少鼓励；接着是清华自创作品大赛，给我的诗歌《怀念》评了个“优秀作品”，着实让我满足了一把；《露天报》的自留地上，也陆续登了我的诗歌。今年4月，我又自告奋勇地去参加“未名诗会”，没想到，那首极伤感的作品《关于家的联想》还得了个二等奖，颇让我惊喜。

班上的同学渐渐开始拿我开玩笑，每次聚会都起哄要我“吟诗一首”，我也挺配合，逢着场子就做戏，哈哈，博君子们一笑吧。

诗歌在给我带来快乐的同时，也常常使我感到悲哀。

据说十年前是个满地是诗人的年代，据说未名湖是诗人的海洋，而在今天，在清华园，我们只能静静地坐在荷塘边，或者看流星划进闻一多的烟斗，却很难再遇到白衣飘飘的诗人了。

这也许是时代的进步。快节奏的生活，需要让人一看就发笑的周星驰的电影，而那些看了好几遍还似懂非懂的诗歌，必定是鲜有人爱的。

然而，我似乎是个不甘寂寞的人，自己喜欢的东西，总想让别人也喜欢，至少得说几句好话，坏话也行，只是不要不闻不问。

为了推销（其实我不想用这个挺商业的词）诗歌，我在学生清华网上开辟了一个栏目，起名叫《火石诗歌》，大概意思是：诗人平常得就像沉默的石头，然而他们梦想着光明，在相互的碰撞中，将产生火花。栏目中登载了大量校内诗人的原创作品和一些有关诗歌的信息，更新的频率也很高，而冷清似乎是必然的。

我却没有放弃，又与几个热爱诗歌的朋友筹划创办一个新诗社，这个想法得到了中文系蓝棣之老师和徐晨亮同学的大力支持，蓝老师还当上了我们的指导老师。为了区别于旧体诗词，诗社起名为“火石新诗社”。现在诗社已经成立，主要活动除了共同办一个诗歌刊物《火石诗歌》以外，还将主办一些大型或小型的诗会、诗歌沙龙、诗人采访等活动。

其实，在这一切的背后是我的心虚。

我知道自己刚接触诗歌不久，人文的底子也不够扎实，而清华有许多在诗歌上颇有造诣的“大侠”，他们取得的成就是我不敢企及的。

我也知道，要办好一个诗社，或者说要小小地复兴一下诗歌，光靠初生牛犊不怕虎的精神和对诗歌的热爱是不够的。必须得依靠众多热爱诗歌的同学。

因此，我只想说，那么让我们大家一起来努力吧，为了清华，为了诗歌。

首发于2001年清华大学火石诗社《火石诗歌》创刊号

诗歌、诗人与诗社

在意大利留学时，我曾与导师伊恩·卡特（Ian Carter）教授聊起诗歌。卡特教授很惊讶，为什么这么多中国人都会写诗？他知道我写诗，就问我："你为什么会写诗呢？"我想了想，回答说："不是我想写，而是有时候一些很美丽的句子会漂浮在我的脑海里。于是，我就把它们写下来，再琢磨、修改，最终形成一首诗。"卡特教授听完后更困惑了："一些美妙的句子漂浮在脑海里，怎么从来没有这样的句子漂浮在我脑海里呢？"这个问题，却是我回答不了的。或许，不是我在写诗，而是诗歌选中了我，选中了我的手、我的口、我的心和我的灵魂。

"我是2000年的元旦开始写诗的。或天意？或人为？这一天我是不会忘记了。接下来是一些平淡的日子，在浓重的开端之后，一切都显得没有诗意，我想，应该等诗来抓住我，而它却一直没有来……”这段话引自我的第一本自编自印诗集《我的4/3》。这就是我第一次写诗时的情形。在开始写诗之前，我对诗歌并没有特别的感觉，也从来没有特意阅读、背诵或者学习过诗歌。然而，从某一天开始，美丽的句子就与我不期而遇，时不时地飘落在我的脑海里，借我之手写出一首首美妙的诗歌。

2000年前后，我的人生突然之间因为诗歌而沸腾。校园里的点点滴滴都给我带来灵感，不断地激发我的创作。除了写诗，我还积极参加校园诗会和诗歌比赛、给各种诗歌刊物投稿，甚至还创办了诗社。

那时，北京高校校园诗歌创作的中心是北京大学。每年春天，北大的“五四文学社”都会举办“未名诗会”。有一年，我收到当时赫赫有名的五四文学社社长胡续冬的邀请，代表清华到北大参加诗会。在诗会上，我朗诵了让自己痛彻心扉的作品《关于家的联想》，也记不得当时听众们的反响如何，只记得把自己感动了。据说，那是好多年来，第一次有清华诗人到隔壁学校去参加诗会，这大概也是我最大的荣幸了。除了在北大，我还跟着清华的诗友们去农大、北师大等学校赶过场子。诗人们汇聚一堂，各显神通，品味着似懂非懂的句子，忽而感叹，忽而困惑，真是无忧无虑却爱上层楼的年代。

我虽然沉迷于哲学、诗歌，但并不是一个耽于空想的人。除了写诗、参加诗会之外，我还脚踏实地为清华诗歌的发展做了一件重要的事。2001年，我与清华的几位诗友相约，创办了清华第一家学生新诗社——火石诗社，中文系的蓝棣之老师担任诗社的指导老师。同年，《火石诗歌》创刊，我们邀请清华老校友、著名九叶派女诗人郑敏老师为社刊题写了刊头。

时隔多年，我还清晰地记得当时去郑敏老师家的情形。郑敏老师家就在清华南门附近，我们一行三五个同学，带着自己的诗作，也没买什么东西，就登门拜访。与郑敏老师说明我们创办诗社的想法后，郑敏老师很高兴，也很激动。赶紧在桌上铺好宣纸，磨上墨汁，“火石诗歌”四个大字一挥而就。临走前，我们围在郑老师身边合影留念，郑老师说了好多鼓励的话，希望我们能把诗社一直办下去。事实证明，我们确实没有辜负郑老师的希望。火石诗社自创办以来定期举办诗会、编辑刊物，以诗会友，聚拢了清华新诗创作的星星之火。

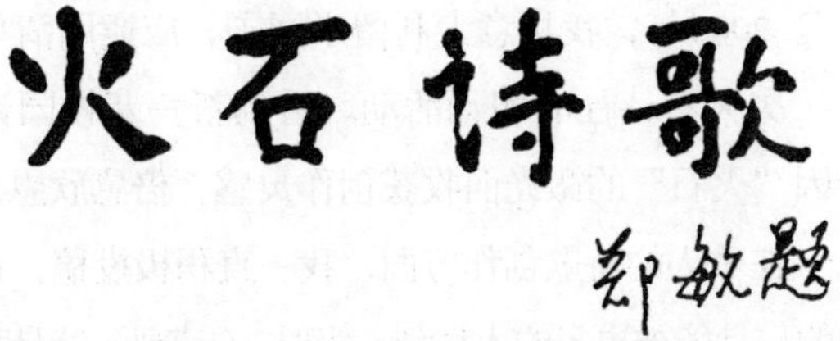

清华老校友、九叶派女诗人郑敏先生为社刊题写刊头

火石诗社初创时期成员与郑敏先生合影

火石诗社创办至今已二十年，虽然没有大红大紫，却一直倔强地活着。正所谓“苔花如米小，也学牡丹开”。2008年，我从意大利留学回国，应邀回清华参加了一次火石诗社的朗诵活动。看到新一辈校园诗人们能因“火石”的微光而收获创作灵感，倍感欣慰。

在个人的诗歌创作方面，我一直积极投稿，希望自己的作品能被更多的人读到。当时，《诗刊》就是我心目中最伟大的刊物。所以，我不断地把自己写的诗歌寄过去。在投了好几次稿之后，我终于收到了回信。让人大失所望的是，《诗刊》的编辑在信中批评了我的诗歌，并建议我参加他们组办的诗刊学习班，而学习班收费不菲。我确实非常想发表自己的作品，而且也知道，如果参加了学习班，我的作品很可能得到发表。但是，我坚信，真正的诗歌绝不是可以通过程式化的学习写出来的。

诗歌，尤其是现代诗，实质上是个人化的语言实验。要想写出好的诗歌，确实需要积累。文化的积淀、文字的打磨，都必不可少。但是，写诗绝不可能通过可普遍化的方式学会。因为，如果某种语言应用的方式可以普遍化的话，那么这种表达方式就进入了日常语言的领域，也就不再富有诗意了。

虽然很难得到广泛的认可，但我并没有放弃对诗歌的追寻，或者说诗歌没有放弃我。2000年底，我整理自己一年之中写的几十首诗歌，自行印制了五十本诗集，送给朋友、老师和同学。2001年底，我又自行印制了第二本诗集，并以其中一首诗的标题《黑板也会老吗?》命名。就这样，我继续着写诗、读诗、以诗解忧、以诗会友的诗歌生活。直至2010年，我终于在中国书籍出版社出版了自己第一本公开发行的诗集《美丽，就像春风》，其中收录了我十多年间写下的一百多首诗歌。

至今为止，我的诗歌还没有获得过什么“有分量”的国际或国内大奖。我也知道，在这个信息大爆炸的时代，要想获得普遍的承认，仅靠爱好和写作是不够的，还需要不断地“经营”：“经营”朋友圈子，“经营”编辑圈子，“经营”评委圈子……我从根本上反感这些“经营”。因为，我认为，这些“经营”与诗歌的初衷是相违背的。“经营”会破坏诗歌的纯粹，扭曲纯真的诗人。精于“经营”的诗人，只会离诗歌越来越远，只会用尽“心机”而伤害美丽。

然而，我清楚地知道诗歌的力量，这源于两件与诗歌有关的小事。我经常回忆这两件小事，以激励自己的创作。一次是，在某个诗会上，我送了一位素不相识的诗人一本自己的诗集。本来以为萍水相逢，以后不会再有见面的机会。谁知道，大半年之后，我们又偶然相遇。她一见到我，就拉着我的手，像失散已久的亲人。她激动地说："你知道吗，那天你送了我诗集，我坐地铁的时候就拿出来看，结果我居然坐过站了！你的诗写得太好了。"我一时语塞，激动得说不出自谦的话来。要知道，我自费出版的诗集，还成堆地在家里放着，根本没有什么销路。我一直以为自己的诗歌写得不好，所以卖不出去。在那之后，只要一想到这位诗友地铁坐过站的事，我就坚信，我的诗歌是有力量的。

还有一次，我和S君暑假回家。我父亲开车带我们到花溪附近的一家小餐馆吃饭。在等饭菜的间隙，我父亲突发奇想，让我和S君念一下自己写的诗歌。我猜想当时的情况大概是这样：我父亲一直对S君心存疑虑，而我也学着S君"不务正业"。所以，他想了解一下我们成天倒腾的都是什么，再借机教育我俩。推脱不了，我就背了一首本科毕业时写的诗歌——《四年醉一回》。诗歌不长，很快就背完了，没有任何夸张的语调和语气，我就像一个要挨批评的孩子，站在父亲面前背书。唯一不同的只是，背的是自己写的诗。

诗歌背完之后，是出人意料的安静，劈头盖脸的批评并没有如我所料那样随之而来。我期盼般地等着挨批评，至少被数落两句，我父亲却起身去倒水。直到隐约看到父亲爬满皱纹的眼角上挂着几滴晶莹的泪珠，我才忽然明白，父亲被我的诗歌感动了。或许，这就是诗歌的力量，它让所有的隔阂、不理解都在瞬间融化，让无话可说的父女，心意相通。

诗歌如哲学一般，已经伴随我二十年。哲学成为了我的职业，我每日都辛苦地在这片土地上耕耘、播种、收获；诗歌却像一壶美酒，当我累了、乏了，坐在田间地头，掏出心爱的酒壶，品上一两口。这甘甜的液体会贯穿我的身体，浸润我的灵魂，让我想入非非，让我飘然欲仙，让我爱、让我痴、让我狂，让我庆幸来到了这世上。

问渠那得清如许

记进入清华大学哲学系的第一天

清晨，我的影子和树木们的站在一起
太阳暖暖的，慢慢升高

我穿行在枝干笔直的树木中间
阳光漫过来，将我们轻轻浮起
空中似乎有鸟在叫，一只绿色的鸟

我的影子和树木们的站在一起
太阳暖暖的，慢慢升高

这首诗写于2001年9月15日，是我进入清华大学哲学系的第一天。

那天，我起得特别早，在食堂吃过饭后，就顺着南北主干道朝着当时哲学系所在的文北楼走。清晨，主干道上没什么人，但阳光已经漫过来，像潮水一样，浸润着主干道两旁笔直高耸的白杨。树叶在微风中哗哗作响，和着布谷鸟的叫声，亲切而空灵。

晨光之中，我看见自己的影子穿行在白杨树高大的影子之间，恍惚中，我似乎看见了清华历史上人文大家们的身影：王国维、金岳霖、冯友兰、陈寅恪、赵元任、潘光旦、梁思成、林徽因……他们就像高大的白杨树一样守卫在主干道两边，用期盼的眼光注视着我。而我的影子穿行在树木的影子之间，正与大师们比肩同行。

想到这里，我心里不由得激动起来。我突然意识到：对于我的人生来说，这是一个新的起点。从这一天开始，我终于可以在哲学人文的道路上，以清华的先辈们为榜样，去走我自己选择的路，去追寻我的梦想。

我也记不清自己是从什么时候开始被人文学科所吸引，如果非要说有什么明确标志的话，大概是从上马哲公选课开始的。这门课的任课老师是哲学系的田薇教授。因为是必选课，选课的学生很多，但时常有人翘课，所以每次课堂上并没有多少学生。田老师的情绪却没有受到太大的影响，还是很用心地讲课。为了引入马克思的哲学思想，田老师先给大家讲德国哲学，讲康德和黑格尔。我现在已经记不起田老师都说过什么具体内容，只记得当时我好像被闪电击中了一般，突然觉得这门学问极有意思，有许多让人激动的谜团和思想构建，总是从最深刻之处反观自身，这是任何其他学科都无法比拟的。

渐渐地，我开始盼望上马哲课，这在当时也是一个很“奇葩”的现象。下课后，我还会追着田老师问个不停。田老师推荐了一些书让我去读。于是，我又开始泡图书馆。尼采、萨特、斯宾诺莎、帕斯卡尔，不管看得懂看不懂，都如饥似渴地读。似乎这些让人似懂非懂的文字能解决我人生的困惑，抚慰我内心的忧伤，让我明白生命的价值，坚定生活的方向。

就这样，到了大三下学期，大家开始打算本科毕业之后的前途。那时，我心中慢慢明确了自己的主张：我要从化学系转入哲学系！这个决定犹如晴空霹雳，不仅让我身边的人感到震惊，最开始，就连我自己也有点接受不了。但是，自从这个念头产生之后，它就在我心里不断地长大，而我对于人文学科尤其是哲学的兴趣也在与日俱增。

还好，我父母比较好说服。毕竟，这已经不是我第一次让他们有这样的“惊喜”。高中文理分科的时候，他们曾极力劝我学文，而那时我因为想参加省里的数理化竞赛，坚决不同意。所以，现在我想转文科，一方面暗合了他们的本意，另一方面他们也确实觉得孩子大了管不了。所以，也就没有太大的意见了。

对于转专业的事情，我也曾咨询过一些人文类选修课的老师。有老师认为，人文可以作为爱好，没必要兴师动众、前功尽弃；也有老师认为，我可以转入清华的科学史或者科学哲学专业，这样，可以衔接上我本科四年的学习，不会使得以前学的东西完全浪费掉。然而，这些建议我都听不进去，当时的想法是“非哲学不学”，一门心思要转入哲学系，学习我心目中真正的学问。

当时，我在化学系的三十名学生中排名第八，拥有推研资格，可以选择在化学系读硕士或者直博。有了推研资格，我就整理好自己的简历和作品集，准备到哲学系参加面试。在本科四年的学习当中，我虽然一直在化学系学习，却参加了不少人文类的活动和竞赛，写过诗歌、散文、小说等等，所以当时的作品集沉甸甸的，简历也有好几页长。拿着简历，我信心满满地去面试了。

面试程序是自我介绍加提问环节。我记得当时有老师问我看过什么哲学经典著作，我回答说看过尼采的《悲剧的诞生》，老师又问这本书中的“酒神”代表什么，我犹豫了一会儿，说“代表‘丰收’”，老师听后脸上露出了微笑，似乎是满意了。一周之后，面试结果出来了，我排名第二，当年清华哲学系有三个校内保送名额，就这样，我顺利地进入了清华大学哲学系。

回首当年，清华跨系推研的过程虽然简单，却是我转型成功的起点。而我似乎在当时就意识到了这一事件在我生命之中的重大意义，知道那必将成为我人生的转折点。多年之后，我已在人民大学教书，有一次回清华，偶遇清华主管学生人文活动的程钢老师。他听说我从清华哲学系毕业后，又出国读了政治哲学的博士，回国后在人民大学教书，感慨地说：“你终于修成正果了，可喜可贺！”那时，我突然意识到，当初我执意转专业时，程钢老师大概也为我的前途捏了一把汗。人文选修课的老师们见过太多热爱人文的理工科学生，但又有多少学生如此执着，能最终将爱好做成专业呢？像我这样毅然决然地与过去决断而重启新生，直至将哲学当作自己毕生追求的学生，估计实属罕见。

我转入清华哲学系时，哲学系刚复系不久，师资和办公条件都比较紧张，而我也是伦理学专业的第一届硕士生。由于条件有限，我们时常在哲学系的会议室上课。会议室里挂着清华四大国学导师的画像。这样，在上课的间隙，我们就时常仰望老先生们。我有时候会走神，想象着自己的画像有一天也有幸挂在某一辈学生的教室里，想到这里就忍不住偷偷地开心。

哲学系的大部分同学都非常用心。我的两位师兄几乎天天在系里的资料室看书，我在文北楼里上上下下、上课办事都能看见他们。有一天，突然只看见一位师兄，我心里颇为惆怅，当晚写了一首诗赠师兄。结果，第二天就又看见两位师兄整齐地坐在资料室里看书，才发觉是自己多虑了。

哲学系的学生如饥似渴地学习，甚至觉得仅靠课堂学习不够，于是自己举办读书会。听说，这种学生自己办读书会的传统一直延续至今。我曾参加了一个读康德《纯粹理性批判》的读书会，读的是英文版。我现在已经完全记不住都读了什么内容，只记得一个师兄非常热心，热情地邀约我参加读书会，还耐心地给大家分析和讲解。读书会结束后，师兄还把我送回宿舍，我们又在宿舍楼下争论康德的“物自体”概念，直至熄灯。那些动人的场景似乎还在眼前。

哲学系的课程既丰富又难懂，古希腊哲学的课要参照希腊语和拉丁语的文献。中国哲学的课要学古文，康德哲学的课要参照德文，相对简单的还是伦理学的课程，只要英文比较好就够用了。当然，要学得精的话，必须有分析哲学的功底，那也是要磨破脑壳的。

倏忽之间，清华哲学系三年的学习生活很快就结束了。2004年7月，我申请到意大利LUISS大学（国际社会科学自由大学）的全额奖学金，赴罗马攻读政治哲学博士，继续我的哲学旅程。三年，时光虽短，却奠定了我学术生涯的基础和最初的风格。质朴、真诚、执着、钻研精神……这些清华哲学人最美好的品质都潜移默化地融入了我的生命之中，成为我最真实的“内核”。而我，不论过多久也不会忘记，在进入清华哲学系的第一天，我心中洋溢的幸福和希望；不论走多远也不会忘记，在清华主干道上，伟大的先辈们对我的嘱托。

化学72班的“骑士”们

清华是一个偌大的园子，如果不骑自行车的话，是没法在这里工作或学习的。然而，十几年前，在我刚进清华园的时候，一次意外的受伤却让我好几个月没法骑自行车。回想起那段岁月，回想起那些在困境中默默帮助过我的同学们，我心中时常充满了温暖和感激。

那是1997年的秋天，我幸运地成为清华大学化学系化学72班的一名新生。大概是10月份的时候，一年一度的“清华大学秋泳比赛”拉开了帷幕。我因为小时候在家乡练过游泳，所以就报名参加了。

比赛在学校西门附近的西湖游泳池举行。我记得，当时游泳池边挂满了加油的标语。好多人都来观赛，锣鼓喧天，热闹无比。同学们围着我，问长问短、加油鼓劲。我参加的是100米自由泳比赛。发令枪一响，我便跃入水中，顾不上看对手，拼命地游，同学们也拼命地喊。我最终不负众望，勇夺第一。

当时，我们班同学都沸腾了，欢呼着、雀跃着，喊着：“没想到你在陆地上像僵尸，在水里却像海豚一样啊！”同学们拥到泳池边，七手八脚地想把我从水里拉上岸。我那时已经筋疲力尽，只能由着他们拉我。然而，悲剧就在这一瞬间发生了：“咔”的一声，我的右胳膊被他们拉脱臼了。我在中学篮球队打球的时候，右胳膊曾受过伤，有习惯性脱臼的毛病。而此时，他们用力过猛，一下就把我的胳膊拉脱臼了。

有过脱臼经验的人都知道，脱臼是非常痛的，甚至比骨折还痛。我一下子疼得说不出话来，同学们看我那么痛苦，慌张得不知道该怎么办。我自己抱着胳膊从水里爬起来，也来不及换衣服，就在同学们的簇拥下往校医院跑。还好，西湖游泳池离校医院不太远，校医院的骨科医生也很给力，很快就帮我复位了。复位之后我马上就不疼了，但右手却被绷带包起来挂在脖子上。医生嘱咐我，两个月都不要用右手，一直挂着。

这次意外受伤立刻给我的学习生活带来了巨大的麻烦。右手不能用，吃饭、写字我还可以勉强用左手，但骑车怎么办？骑不了自行车，我怎么去上课？化学馆离宿舍那么远，我们有好多课还在不同的地方上，中途换教室，清华园这么大，不能骑自行车，我怎么办啊?!

当时，我的心情一下子从游泳比赛夺冠的最高点坠入了谷底。然而，让我倍感安慰的是，第二天，在某男生的提议下，我们班同一宿舍的七个男生决定轮流用自行车驮我去上课。就这样，每天清晨，都会有一个男生在宿舍门口等着我，扶我在自行车上坐好，然后慢慢蹬着自行车，经过七食堂，穿过熙熙攘攘的人群，汇入自行车队的洪流。

这七位“骑士”曾用自行车带我到老化学馆、主楼、新水利馆、三教、图书馆……一个星期七天，一个星期一个轮回，直到几个月之后，我的胳膊完全恢复。这七个男生，有的爱说话，一边骑车一边和我聊天；有的沉默寡言，闷头骑车；有的骑得快，有的骑得慢；有的车好，坐着舒服；有的车破，摇摇晃晃……然而他们让我感受到的，是同样的温暖，那种让人安心的照顾。

化学72班的“骑士”们是极富同情心的。大一刚来北京，班里的同学时常兴奋得要集体出游。有一次，我们全班决定一起骑车去香山。我虽然在水里游得很快，但在陆地上确实有些缓慢而笨拙。同学们从清华西门骑车出发，还没骑到西苑，我就落在了最后。我当时只觉得，同学们有如万箭齐发，从我身边嗖嗖地冲过去，我怎么赶都赶不上。

被落到了最后，我心里有些害怕，也有些焦急。这时，一个个子小小的男生回头看我，跟我说话，让我骑快点、赶上大家。我尽力骑着，但确实有点骑不动了。于是，他也就不再催我，主动放慢了速度，和我并排骑着，一边骑还一边和我聊天。就这样骑了好久，我们终于到了香山脚下。此时班里的其他同学都已经开始爬山了。没办法，我们只得硬着头皮接着追。我几乎用光了最后一点力气才爬到山顶。当我们终于追上大部队的时候，大家已经在山顶上坐得有些无聊了。当然，最终能和大伙会合，我心里还是很高兴，摆了姿势，拍照留念。之后，便匆匆和同学们一起下山。后来回想起那天的情形，不禁设想要是没有那个小个子男生一直鼓励我，自己能不能骑到香山，能不能爬上香山与大家会合。估计是要临阵脱逃，当逃兵了。

化学72班的“骑士”们还有过许多壮举。据说他们有一次骑车到天安门看升旗，半路上有人的车胎被扎爆了，便抬着车走，那样的青春豪气，真是让人羡慕。2018年，在化学72班几位“骑士”的策划和资助下，化学系的新楼奠基，着实让化学系的校友们沸腾了一把。

我时常回想起化学72班的“骑士”们，他们之中有用自行车带我穿过校园的骑士，有一路陪伴、鼓励我的骑士，有帮我占座的骑士，有借作业给我抄的骑士，有我的实验搭档，也有为清华捐款过亿的骑士……多年以前，他们对我的照顾让我在清华这个竞争残酷的园子里倍感温暖。他们侠肝柔肠，豪气万丈，青春逼人。

本科毕业时，我们班在清华附近的“大鸭梨”吃散伙饭。那天，大家说了很多话，喝了很多酒。有人哭了，有人笑了。大概半夜的时候，我骑着自行车回宿舍，一轮明月挂在天空。我有些醉了，不禁泪流满面。

四年醉一回

四年一次，让我们醉一回

来，满上，我们再干一杯！

兄弟啊！四年了，什么时候才能与你携手同归？
哦，还有我的好姐妹，让我揽你们入怀
往事都随风去了，还有什么心肠不能醉？
来，干一杯

七月是我们的好年月啊，七月二号我们在一起喝酒
一定要烂醉如泥，不要停杯
这酸甜苦辣酿出的美酒啊
用酒，用酒，用酒洗净这一身污秽

四年一次，让我们当风歌一曲
在别人的爱情里歌唱自己的心事，哦
我多愁善感的妹妹
来，干一杯
为了四年幸福的苦日子，抹一把辛酸泪

这是怎样的日子，四年了，不容易啊
我亲爱的姐妹
看夕阳西下，我们说过怎样的梦话

唱着同一首歌，挽手走进烂食堂
饭菜依旧飘香，多年后
能否与你再干一杯?

四年一次，让我们醉一回
来，满上，我们再干一杯!

写于2001年7月2日，本科毕业时

美丽的清华女生

尴尬的境遇，生命的至美

提到“清华女生”，非清华的男生心里可能会泛起一种敬畏掺杂着惭愧的滋味，非清华的女生也许会抱着理解、欣赏或挑剔的态度说她们是一群另类；清华的男生则肯定会在佩服的同时，用类似“清华女生十回头”的顺口溜奚落一番，而清华女生自己呢，则很可能在自信中深深地埋藏着一丝难于言表的辛酸。

大家都认为清华女生是特别的一群人，清华女生自己也这么认为。当然是这样，她们既不等同于清华男生，也不能等同于外校的女生。然而仔细琢磨，她们又特殊在哪儿呢？她们同样是学生，同样是女人，却总是担负着过多的注视：在许多场合，仅仅因为她们是少数的一流大学中的少数便成了人们注视的焦点和谈论的话题。她们也承受了过多的评价：老师表扬她们聪明勤奋；家长赞赏她们有出息；同校的男同学不得不佩服她们的争强好胜，却又在卧谈会上讥笑她们没有“女人味”；外校的女生欣赏她们的朴实天真，同时又因她们的“衣着朴素”而使自己在她们面前有了一些心安理得的自傲。我也是“清华女生”中的一员，过多的注视与评价使我陷入了思考，于是便有了本文的副标题：“尴尬的境遇，生命的至美”，我想这便是清华女生的特别之处。

清华大学是全国一流的理工科大学，在这里，绝大部分学生要学习的都是近现代的科学理论及应用技术，这些都是完全靠理性而非感性可以把握的东西。这似乎是较顺应男性思维模式而为难于女性的。虽然现在已有许多人相信男女的思维结构在先天各方面的发展是相同的，但种种社会原因却使“女人较为感性而男人较为理性”的现实和说法仍然像空气一样无处不在，影响着人们的思想和言行，正如有位哲人说“女人用心思考，男人用脑思考”，或者我们较抽象些说：在通常意义上，人们认为女人的美在于感性，而男人的美在于理性。

不管男女的大脑是否有差异，也顾不上考虑人们对女性美与男性美的议论，争强好胜的清华女生，为了在这所理工科大学里实现自己的价值，不辜负师长们的期望，只有斩断所有温柔的感性，排除一切杂念，毫不犹豫地投入到充满理性的学科的学习中，并且理性地对待生活。

她们每天接触的都是充满理性思辨与逻辑推理的科学理论：精致的科学公式、准确无误的科学论断、巧夺天工的先进技术，向她们展现了理性的无限魅力，使她们不自觉地形成了一种崇尚理性的科学精神。另一方面，她们也不得不用这种精神去指导生活：繁重的学习负担使她们没有时间、没有精力去仔细品味自己的感情，她们不得不将自己的青春年华挥洒在无止境的逻辑推理和反反复复的技术练习中，缠绵的忧愁、莫名的哀伤对她们来说都是“杂念”，是奢侈的东西，是紧张的学习生活中不该有的。渐渐地，她们的情感变得麻木，她们变得“坚强”“理智”，少了几分女人的阴柔，却多了一些男人的阳刚。

在清华勤勤恳恳奋斗几年下来，“清华女生”中的大部分都达到了自己最初的目标，她们成了这所学校中的佼佼者，她们成绩名列前茅，赢得了师长的称赞、同学的掌声。然而她们却禁不住黯然神伤——外界过多的非议使她们不得不把眼光投向自身，她们悲哀地发现在几年来的奋斗中，她们得到了自己想要的，却也丢掉了一些不该丢掉的东西，一些在世人看来是女人的美之所在的东西。她们不再“柔情似水”，她们开始和男人一样用脑思考，她们已失掉了女人的心。这便是她们的尴尬处境，就像一只天鹅长着强壮的双腿却丢失了翅膀。

没有了翅膀的天鹅作为一种供人们观赏的动物显然是不美的，但如果它能勇敢地面对大自然给它的一切，在认同这种残忍灾难的同时顽强地生存下去，那在它不美的外形中就蕴藏着一种伟大的美，这是一种透过表面的、作为生命本身的美。

“清华女生”正像失掉了翅膀的天鹅，她们的尴尬处境造就了她们别样的美。

“清华女生”在尴尬处境中迷茫过、伤心过，但她们却不曾软弱过，这种尴尬中的“坚韧”便是她们身上散发出来的奇异的“别样的美”。这种美不是形体或外表的美，而是一种形而上的精神的美。正像为了获得阳光和雨露而扭曲了身子向上生长的树木，她们的美不是自然赋予的，而是在不断与环境的抗争中形成的，是一种生命意志在苦难中体现出来的震撼人心的辉煌灿烂的美。正是她们的尴尬处境，正是不利于“如水的女人”生长的环境，造就了“清华女生”的美，这种美在“清华女生”身上又得到升华，它已不是单纯意义上的女人的美，它体现了人与环境的抗争，显示了生命力的顽强。这是一种还没有被人们意识到的美，这是一种作为人的美、作为生命的美，而不仅仅是作为女人的美。

记得刚上清华、去东操锻炼时，常看见一些偏胖的女孩迈着沉重的步伐在练长跑，总会感到一阵心酸，似乎在她们身上也看到了自己的身影；三年过去了，操场上仍然响着沉重的脚步，我却不再难过，只感到无限的欣慰与自豪。

2000年首发于清华大学校内报纸《清华女生》

我与海淀图书城

第一次去海淀图书城大概是在1998年，是我的大学同学S带我去的，他也是我的初恋男友。那是我上清华后第一次出学校的大门。S用他破旧的自行车带着我，摇摇晃晃地从清华南门骑到海淀步行街。一路上车水马龙、人来人往，我心里也禁不住地兴奋。

那时的海淀图书城很是热闹，一条不到100米长的步行街，两边是各式各样的店铺：有卖IT类书籍的，有专卖考试书的，有倒腾旧书的地摊，也有卖上好的美术用品的，卖办公文具的，卖花、卖小吃的。书店也是各个层次的都有，有卖盗版书、畅销书、二手书的小店，也有新华书店、中国书店这种历史悠久的正牌书店，还有“国林风”这样集各类人文书籍、精美画册、优雅的阅读环境于一身的高品位书店。

刚锁上自行车，S就把我拉到地下一层的“国林风”

书店，带我看他欣赏的各种图书。诗词、散文、小说；文学、历史、哲学；柏拉图、尼采、萨特；王国维、张爱玲、刘小枫……S一通天南地北地胡吹海侃，再对当时活跃于京城高校的各派文化名流评头品足地议论一番。讲得累了，S好不容易在人满为患的“国林风”咖啡厅找到座位，我们坐下来喝奶茶、听音乐。从“国林风”出来，S又带着我逛各色的小书店，在打折的地摊上买新书和旧书。天色渐暗，感觉肚中饥饿，我和S在街边的小店里吃卤煮火烧和“毛鸡蛋”。直到夜幕悄然降临，书店纷纷开始收摊关门，我们才推着自行车，准备回学校。这时，S耍赖说骑不动车了，我这个游泳队的运动员则当仁不让，骑车带着他，他便美滋滋地在自行车后座上大声地念我写的诗。

印象中有好几个周末我们都是在图书城度过的，有时候也没有什么明确的目的，只是厌烦了学校里高强度的学习，便骑车出来遛遛。看看书，吃点东西，感受一下那热火朝天的文化氛围。

这一切因我出国留学而有了变化。当留学三年之后我从异国他乡回到北京找工作的时候，我们已经分手，而海淀图书城也变成了一派衰败景象。2008年，我因为没有找到合适的工作，在北大做博士后。从北大西门到中关村图书大厦很近，所以我经常到那里去看书、买书。偶尔也会去一街之隔的海淀图书城看看。然而，让我惊讶的是，海淀图书城早已失去了十年前的繁华，许多店铺都已经关门，或者是改行卖服装了。仅剩的几家书店也都在清仓甩卖，一副落荒而逃的景象。

来逛书店的人并不多，零零星星的，似乎并没有很大的购买欲望。我好奇地往地下一层走，却怎么也找不到“国林风”的牌子。一打听，才知道，“国林风”的老板早就不干了，原来的书店现在正在处理各种图书。所有图书被摆放成三大排，每排前面贴着一张A4纸，上面写着“5元一斤”“6元一斤”“7元一斤”。那时，猪肉正在涨价，一斤猪肉要卖到十几元，我想着买两斤书的钱还不够吃一斤猪肉，觉得好笑，却又感到莫名的伤心。

再去图书城是2015年前后的事了，这时我已成家立业、结婚生子，而我家就住在与海淀图书城一墙之隔的苏州街上。与高校学生就业困难相伴的是轰轰烈烈的创业大潮，而这时的海淀图书城步行街也改头换面，有了新的名字“INNO WAY”“创业大街”。步行街上原来那些要死不活的老店都被纷纷清走，整条街重新装修。装修风格很现代、很“高大上”。老牌子也都揭了，换上了“天使”“黑马”“言几又”……这些让我似懂非懂的文字。“海淀图书城”牌坊旁边的大楼上不听使唤的大钟也换成了巨大的电子表，还竖起了三四十米高的巨型电子屏，屏幕上有大概5米见方的二维码。据说“创业大街”揭牌那天李克强总理都来了，整条街上到处是别着电棒、穿黑衣服的保安。我的直觉告诉我，这条街已经和我没有什么关系了。

然而，出人意料的是，我老公突然兴奋起来。竟然时常在上班的时候溜到“创业大街”上去“听讲座”！回来后还会手舞足蹈、绘声绘色地给我讲什么“风险”“融资”“项目”“刘强东”“奶茶”……我有时候好奇，也会去街上逛逛，但真的没有什么能吸引我，那些穿着西装革履的俊男美女站在一家一家漂亮的店门口，好像也不是要招呼我的。新华书店还在，但似乎已沦落成专卖考试书的冷清之地。“言几又”倒是一家类似当年“国林风”品位的书店，有环境优雅的咖啡厅，甚至也会有一些文化名流的讲座在这里举行，但书店里的人并不多，而且主要都是那些搞“天使”

和“黑马”的来这里吃午饭的年轻人。当时“言几又”在搞一个“换书”的活动：人们把自己的书放在书店里，如果有人想要的话，就可以用自己的书换。我把自己的诗集放了几本在那里，还给店员留了电话号码，但从来也没有人通知我说有人想换。

老公一直在找、也一直没有找到合适的“项目”。最初的兴奋过后，他也不再天天去“INNO WAY”看热闹了，只是偶尔会去奶茶妹妹的奶茶店喝水。我知道刘强东是他的偶像，所以从来也没陪着他去过。

就这样，海淀图书城似乎与我又没有什么关系了，直到有一天，为了买一卷胶带，我带着5岁的孩子去了这条街上的一家文具店。谁知道，孩子一下子就被小店里卖的各种文具和美术用品迷住了。素描纸、刮画纸、彩纸、彩泥、纸黏土，还有各种彩笔、勾线笔……这家文具兼打印复印店店面虽小，却五脏俱全。儿子非常喜欢画画，也爱摆弄各种艺术材料。于是，从那天起，我们娘俩没事就去“创业大街”上逛逛，虽然看不懂“天使”和“黑马”都在搞什么，但每次都会在那个卖美术用品的小店里流连忘返，然后买点材料，满意而归。即使店里卖的东西比“淘宝”上贵了许多，我们也愿意去那里感受这种挑选的乐趣。

其实，这个卖美术用品、兼顾打印复印和照相的小店是海淀图书城最老的住户之一。当年，步行街上有许多卖各色美术用品和文具的店面。从昂贵的宣纸、砚台、毛笔，到不值钱的夹子、别针，高端、低端的生意都有人在做。也许是因为这个小店同时做打印复印，而这对“创业”十分有用，所以当其他老店都被清走的时候，这个小店就被保留了下来。而后来的事情确实是这样，年轻的创业者们不断到这里打印复印各种材料、购置各种办公文具，这个小店一直非常红火。

2017年我们搬家了，终于离开了这条步行街，离开了海淀图书城。老公和孩子也都没有想过再到步行街上逛逛。年底的一天，我需要翻拍多年前的结婚照，在新家附近又找不到处理图片的店，便回到了熟悉的海淀图书城，找到了那间小店。老板娘一点也没变，甚至比以前更漂亮、更忙碌了。见到我，也没觉得惊讶，就像我昨天还来过似的。只是店里已经没有我孩子喜欢的美术用品了，小店现在专门卖办公用品、做复印打印了。她帮我扫描了老照片，再打印出来，价格不菲。我也没有还价，感觉她是一个阔别多年的老邻居，只是觉着那扫描版照片上若有若无的模糊印迹，就像沧海桑田之后，我心里泛起的点点回忆。

我不知道以后会不会再去海淀图书城，步行街西侧的二楼上有一个邮局，以前我也经常去那里寄信、寄书、取稿费。后来也不常去了，因为快递到家更方便。邮局旁边是“雕刻时光”咖啡厅。以前在清华读书的时候经常去北大附近的“雕刻时光”，闷热的夏天点一大杯西瓜汁，就窝在咖啡厅里看电影，真的有“雕刻时光”的感觉。但海淀步行街上新开的“雕刻时光”我却很少去，只带孩子去吃过两次比萨。曾经想约S在这里见见面、聊聊天，也都因为各自有事而作罢。

时光能不能雕刻，我不知道。但我知道，时光不能倒流，就像海淀图书城已回不到从前，回不到那个喧嚣的，人们抢着买书、读书、听讲座的时代。而我的人生也不可能回头，那些人、那些事、那些美好记忆，都像扫描版老照片上泛起的模糊印迹，融入了我的生命，融入了我眼角的皱纹里。

怀念，却不愿那般轻易

不谈恋爱的大学生活或许是成就斐然的，但一定是有缺憾的。虽说“人生何时不逢春”，但如果说一生中有一段专门谈恋爱的时光，那一定是大学时代。因为，在这段时间里你可以正大光明、心无杂念地谈恋爱，甚至可以仅仅为了恋爱而恋爱。然而，前途未卜、奋斗不止，这种种因素又会让你尝尽恋爱中的各种滋味，酸甜苦辣、死去活来。

一、偶遇

我第一次注意到S君，是在七号楼门口的七食堂。一天中午，我很晚才去吃饭，食堂里空荡荡的，只有几个窗口还在卖饭。我随便打了点东西便找了个位子坐下来。吃着吃着，突然听到有人问我：“同学，这里有人吗？”这是一句很平常的话，在食堂吃饭，经常会有人礼貌地问你对面的空位有没有人，因为食堂通常很拥挤，同学们都争先恐后地占座。然而，此时此刻，这句话却显得这么奇怪：到处都是空座啊！我抬起头，看见一个中等个头的男生，斜挎着书包，穿着黑色的中式粗布对襟衣，端着餐盘，笑盈盈地看着我。我觉得有些眼熟，突然想起，他好像是我们英语班的，便连忙说：“没人，没人，你坐吧。”

果然，眼前这位同学确实是我们英语班的。每年新生一进清华就会进行英语测试并根据成绩分班。我来自边远山区，英语水平自然比不上其他同学，被分在了最低等级。S君是北京籍的学生，同样缺乏竞争力，所以也只能从最低等级开始上。我和S君又都是理学院的学生，他是物理系的，我是化学系的，碰巧就被分到了一个英语班。

他这会儿叫我，我突然想起来，有一次，S君上课迟到，老师用英语问他：“Why are you so late？”（为什么来得这么晚？）S君口语不好，用很慢的语速说：“When I stopped my bike, there was a very strong wind. And all the bikes fell down. So I took them up, one bike, two bikes, three bikes, four bikes..."（当我停放自行车时，刮起了一阵大风，刮倒了所有自行车。我就一辆接一辆地把它们扶起来，一辆、两辆、三辆、四辆……）他就这样一直说下去，老师都快发怒了，教室里哄堂大笑。

在确认了是熟人之后，S君开始和我聊天，聊他给他们宿舍男生取的外号。他用六个动物来代表他们宿舍的六个男生，用动物的叫声取了六个外号。我只记得有"旺旺""哼哼""喵喵"什么的，他一边说一边叫，笑得我前仰后合。他还自豪地聊起他组织的"惟物德馨"联谊会：清华物理系和北大德语系的联谊会。北大德语系女生多，他们物理系男生多，两个班联谊了好几次，刚柔并济、珠联璧合。S君甚至还专门为这两个班的联谊办了一份班刊，标题就叫《惟物德馨》。我第一次听到这些新奇的事情，简直不敢相信。因为，我在清华的生活一直是枯燥而艰苦的，哪有这么多趣事？

我早就吃完了午饭，但还是舍不得走，就一直听他讲，他看我很感兴趣，就更是激动地给我介绍他的各种创造。S君从小学就开始办小报，到了清华之后，还写了不少古体诗词，给学校的好多报刊都投过稿。什么《清华女生》《新清华》《文苑》，都刊登过他的作品。

我问他这么喜欢文学，怎么高考报了物理。他说他最喜欢的就是物理和人文，但物理自己学不了，必须要有实验室，跟着老师系统地学，所以就报了物理。他一边讲还一边夹杂着文言文，听得我云里雾里、似懂非懂。直到食堂关门赶人了，我俩才意犹未尽地从食堂出来。他讲得口干舌燥，又没有带水，我就跑回宿舍去给他取水。他喝完水之后，才挥挥手骑着自行车走了。

皱

风，不留一点儿痕迹
轻轻地飘过
不期地　却吹皱了一池春水

原来　她一直期待着
你路过的时刻

二、度假

大三那年暑假我没回家，放假了还在学校里闲逛。

一天，在图书馆遇到S君，他也没回家，不知道在学校里干什么。7月的北京非常闷热，那时食堂还没有空调，我每天都吃不下饭，晚上也热得睡不着觉。据说有学生晚上到东操去睡觉，我害怕蚊子，也没敢尝试。

我和S君商量，这么热的天气，不如我们去北戴河玩吧？S君听我这么说，一下愣住了，支支吾吾地说："你要不要再考虑一下？"我觉得很奇怪，有什么好考虑的？难道他没有钱吗？于是，我说："我有钱，我先借给你。"他看我这样肯定，就答应了。于是，我立刻买了两张到北戴河的火车票。第二天，我们就出发了。

到了北戴河，S君才告诉我，原来在我提出这个旅游计划之前，他们班一个高个女生也向他提出了同样的计划，但被他拒绝了。所以，当我说出这个想法时，他既感到震惊又很犹豫。多年之后，S君也曾问过我为什么这么大胆，主动邀请男生单独出游。我说：因为，我敢肯定，第一，我打得过个子比我矮的男生，第二，我绝不会爱上个子比我矮的男生。然而，事实证明，我错了。

盛夏的北戴河是凉爽而美丽的，一到海边，我俩心情大好，游泳、挖沙子、找贝壳，玩得不亦乐乎。傍晚，我们打算在附近农民家租两个铺位。价钱不贵，才10块钱一张床。然而，令人尴尬的是，只剩一个房间、两张床了（这种老掉牙的桥段居然真的会发生，在那之后我看电视剧的时候都不会再骂编剧了）。没有办法，我们只能住在一个屋里，幸亏是夏天，睡觉都不用脱衣服。

吃完晚饭，我们又到海边去散步，坐在海边的大礁石上，眼前是漆黑一片的大海，头顶是灿烂无比的星空，耳畔萦绕着呼吸般的潮起潮落……我陶醉于这样的凉爽和浪漫，久久不愿离去。突然，S君站起来，开始吟诗："日月之行，若出其中。星汉灿烂，若出其里……"声音洪亮，气势磅礴。开始，我被吓了一大跳，后来又被他装模作样的做派逗得乐不可支。S君还念了一些他自己的诗，摇头晃脑的，俨然是个豪情万丈的大诗人。

我们在北戴河住了三天，除了海滩，还跟着旅行团去了号称天下第一关的山海关。旅行团的车，在山海关只停留半个小时。S君说，这可是天下第一关啊，一定要上去的。便拉着我在山海关的城墙上跑，跑得我气喘吁吁，跑到山海关下该留影的地方，我们却突然发现没有带相机，那时候也没有手机。我正在遗憾没法拍照，S君突然上前来抱紧我，嘴对嘴地亲了我一下，然后说："就这样合影吧！"我被猝不及防地亲了一下，完全蒙了，脑子里乱乱的。还没反应过来，S君又拉起我接着跑，说是旅行团的车要开走了。

在从北戴河回来的火车上，我俩都心事重重，好像回学校就意味着分别，而这似乎是我们不愿意面对的。就好比北戴河之行是我们偷来的假期，假期结束，我们都只能做回自己。到了学校，S君送我到七号楼门口，看我快进去了，他把我拉回来，扭扭捏捏地说："要不我们再'合个影'吧？"

我最终接受了他的建议，而假想的分别也变成了恋人的"重逢"。在那之后，我们便开始交往，一起吃饭，一起上自习，一起搞社团活动……像学校里一对对平常的情侣一样。

盛　夏

爱恋　在夏日的荷塘中盛开
盛开是今晚的乐章

月色　在安静的湖面上舞蹈
舞蹈是思绪的飞扬

雨滴飘落、飘落
在爱人的心头湿润
湿润是甜蜜的滋味

微风轻柔
抚摸着光洁的肌肤
轻柔是灵魂的交融

三、流星雨、气象台和舞台剧

S君带着我一起干了很多有趣的事情，其中有一件就是看流星雨。夏日的一天，新闻里说那天晚上会有流星雨。那时候《流星花园》是很火的一部电视剧，我虽然没怎么看过，但也很想看着流星雨，悄悄许下自己的心愿。

学生宿舍每天晚上要熄灯锁门，锁门之后就出不来了。那天晚上，为了看流星雨，S君在宿舍楼锁门之前跑出来找我，手里拿着一个应急灯，还抱着一床薄被子。我穿上外套从宿舍跑出来，心中一阵狂喜，跟着S君去东操，等着看流星雨。

那时，东操的灯也灭了，黑乎乎的，但好像还能看到三三两两的人影，估计也是来看流星雨的。我们把被子垫在操场上，一边聊天，一边看天上的星星。那时候空气质量还是很好的，经常能看见星星，白天的天空也大多是蓝天。

夜里气温比较低，我们越来越冷，不得不挤在一起。流星雨一直没有出现，我开始怀疑新闻里说得不对；开始后悔，不该这么冲动地跟着S君跑出来。后来，我实在支撑不住了，倒在S君怀里睡着了，他把被子紧紧裹在我身上，自己被冻了一夜。

第二天，我们被早起跑步的人吵醒，然后各自回宿舍。洗漱后，我先去老图书馆占个座，再去七食堂吃早饭，然后开始一天的学习。据说，S君回宿舍后倒头就睡，后来就开始发烧，前前后后折腾了一星期。

这次夜游东操，虽然没能看见传说中的流星雨，却让我最真切地体验了一回寒夜里的紧紧相依，即使多年后也记忆犹新。

一个傻姑娘的调皮

每次我抬头看你

你都不知在朝什么方向望去
为了探清这个秘密
我追寻着你的视线
慢慢靠近你

直到我们的目光相遇
我才发现
其实你满眼都是我
一个傻姑娘的调皮

这回轮到我了
慌张的眼神
不知该朝什么方向望去

有一年，我从家乡回来。S君因为快两个月没见到我，激动得不行，非要带我逛逛清华校园里最神秘的去处。我们骑着自行车来到化学馆对面的小树林。这里现在是理科楼群区，二十多年前还没有建下沉广场和物理楼，是乱草堆和小树林。S君指着小树林里一个六角棱柱形的高高的建筑说："你爬过这个吗？""这不是气象台吗？”我好奇地问，“可以上去吗？”“可以的啊，不过我也没上去过。”听他这么说，我心中一阵紧张，却又止不住地兴奋。

S君拉着我走到气象台下面。有一扇小铁门，上面挂着一把中等大小的铁锁，锈迹斑斑。但是，铁门并没有完全锁紧，像是特意为热爱冒险的人们留着一条门缝。我们钻过摇摇晃晃的铁门，就再也没有什么障碍，沿着旋转的楼梯一直往上爬。走到中途的时候，我心里闪过一丝莫名的恐惧，但S君紧握着我的手，我也就顺从地跟着他往上爬。终于，爬到了顶，上面是一个六角形的平台，有一些破碎的石块，其他也没有什么特别的。当然，最美的是可以高高地眺望美丽的

清华园，荒岛、荷塘、西操、化学馆……都能看到。我们兴奋地在气象台顶上指指点点，看着往来如蚂蚁的小人儿，兴意盎然。看累了风景，我们就坐下来“合影”，依偎在一起，讲一些甜蜜的话，直到日落西山，才慢慢地走下来，骑着车回去。后来，我和S君又上去过几次，只是九十周年校庆前后，气象台被改造，就再也没有上去过。

当年的“气象台”现在已经有了新名字——“天文台”。本科快毕业的时候，我听说学校在天文台上面安装了望远镜，引进了一位研究天体物理的院士，这位院士还招了一个博士；2019年3月，清华以天文台为依托，组建了天文系……听到这些消息，我感到很欣慰，破旧的气象台终于物尽其用，旧貌换了新颜。然而，我也有一些伤感，似乎那个只属于我和S君的小小的天地，小小的灯塔，已永远不再。

一滴泪

当美好已成为记忆

记忆依然美好

杨柳在枝头诉说
有多少故事曾在微风中荡漾

你曾经是我唯一的亲人
然而就这样离开
连同那些甜言蜜语
当亲人变成了路人
我在大路上哭泣
想把最后一滴泪
送给你

清华虽然是以理工科而著称的大学，却一直很重视培养学生的人文素养。跟着S君，我参加了许多人文类的活动。记得有一年，我们组队参加一年一度的“人文知识大赛”，其中有一项是表演一个人文剧。我们选取了徐志摩飞机失事、从云端坠落的片段进行演绎。我写好了剧本，题为《最后八分钟告别浪漫》。S君尤其喜欢话剧，当仁不让地要扮演徐志摩。那谁扮演林徽因呢？按理说，应该是我，但我比S君高好几厘米，在舞台上看起来不太协调。于是，大家决定让成员组里的另外一个女生扮演林徽因。刚开始，我还很能理解这样的安排，心里也没有太多想法。但没过多久，我就hold不住了。因为，S君天天都要和这位“狐狸精”（现在我已经记不起这位女同学的姓名了，只记得我当时暗地里把她叫作“狐狸精”）排练，而且每次排练都深情款款、倾情投入。

演出的日子一天天临近，而我已经快要被S君和“狐狸精”逼疯了，或者是被我自己的各种幻想逼疯了。我开始怀疑S君实际上是个水性杨花的人，是个“陈世美”，我早已不再关心演戏的事，只希望这场噩梦快点结束。

将近一个月，总算熬到演出结束。戏演完之后，S君虽然似乎意犹未尽，但也再没有和“狐狸精”联系过。确实如他自己所说，他所做的一切，都不过是在“逢场作戏”。回过头来，我也越发觉得自己好笑，甚至时时惊讶，我怎么会那么在乎S君，几乎到了疯狂的地步。

姐姐的情话

姐姐只要你摸摸她的头再说几句好听话，我

的小傻瓜

姐姐就是你的了

而你只是倔强地看着她，像一只吹胀的气球

一点都不听话

不要再跟她赌气了，你看她泪流满面

心都被你揉碎了

你不知道吗

姐姐从小没人疼，长这么大，没回过家

快去摸摸她的头

再说几句好听话，许她一只温暖的手，就像爸爸

快去，快去

就算姐姐求你，还不行吗

算了吧，算了

姐姐知道你还小，还没长大

既然你还小，姐姐就走了

姐姐说她爱你，我的小傻瓜

四、回家

S君的家在北京，他的很多亲戚都在北京。我也曾跟S君回过他家好几次，印象最深的一次是去他奶奶家。

老太太七八十岁了。身材干瘦，皮肤黑而皱。我们进门时，她正坐在炕上叼着烟斗。看见大孙子回来了，还带着个女孩，掩饰不住内心的激动和欢欣。奶奶拉着我的手，问长问短，还不时地夸夸她的宝贝孙子。奶奶的手也是干瘦的，但是很暖和，把我的手握得紧紧的，让人觉得很安稳。

S君是家里的长子长孙，从小就被奶奶捧在手心里，习惯了这样的温暖。而我出生的时候奶奶就已经不在人世了，当时猝不及防地受到这样的体贴和关怀，就如同见了失散已久的亲人一般，心里甜甜的。

聊了半晌，快到吃饭时间了，奶奶便开始张罗着包饺子。北方人家，一般是逢年过节，或者是家里有喜事，才会聚在一起包饺子。当时，奶奶确实像过年一样高兴，又是和馅，又是擀皮，忙得不亦乐乎。

包韭菜肉馅的饺子，韭菜和肉拌好之后，奶奶拿起一整瓶的香油，倒了一大半。这可把我急坏了，我们南方人吃香油，都只是凉拌菜时的点缀，放几滴就好了，哪见过这样吃香油的？我忙去劝阻，奶奶笑着说“不碍事，不碍事，多放点油好吃！”，便又拿起香油瓶往里倒。

那天的饺子确实非常好吃。浓郁的芝麻香味，吃在嘴里滑滑的，可让我这个南方人吃到了地道的北方饺子。临走的时候，奶奶还硬是给我们包了一盒带走。

在回学校的路上，我向S君感叹南北方吃香油的巨大差异，他微笑着说：“那是奶奶喜欢你，才放那么多香油，平常哪会那样吃啊！”

多年之后，我有了自己的家。老公老家盛产芝麻，每回老家来人总会带来大瓶的香油。做饭时，满屋飘香。那时，我总会回想起那年在S君奶奶家吃的大馅饺子。

关于家的联想

据说我是在黄昏时出生的
护士们簇拥着的产房

灯光一定很明亮
疲惫的母亲躺在血泊中
幸福而安详

据说我是在黄昏时出生的
一阵暴雨之后
父亲兴冲冲地赶到产房
捧着一个女婴看了半晌
说出一句　鼻子像拿破仑
就匆匆地走了　随风去飘荡

据说我是在黄昏时出生的
我睁眼的时候
夕阳正掠过产房的纱窗
我在落日的余晖中欣赏世界的凄凉
泪水汩汩地流淌

据说我是在黄昏时出生的
离开母亲　我坠入漆黑的夜空
清凉的黑暗中

我变得冷酷而忧伤

当阳光再次来临
是否还能点燃我心中的希望

据说我是在黄昏时出生的
那时　落日灿烂而辉煌
一个婴儿聆听着：
人生下来就面对死亡

S君也曾去过我家。有一年暑假，S君和我一起回贵阳。一来是因为贵阳夏天非常凉快，二来，也是想见见我的父母。当时，我家住在贵阳郊区一幢四层楼的房子里。我爸当时迷上了养狗，在院子里修了二十多间狗舍，雇了一男一女两个保姆，养着各式各样的狗。

第一次到我家，S君刚走进院子，还没看见人，就有一只黑色的狼狗猛扑过来。这是一只德国黑背，退役的警犬。只见这只狗咆哮着，径直向S君扑过去。S君被吓蒙了，定定地站着，一动不动。“哈哈哈哈，”此时，我们听到一阵爽朗的笑声，“黑狼，回来，回来！”原来，这场盛大的欢迎仪式正是我爸特意安排的，目的是测试一下S君的胆量。幸亏S君被吓蒙了，一动不动，要是他拔腿就逃的话，不仅要被狗咬，还要被我爸嘲笑。

在我家的四层小楼里，二十多条狗住在一层，两个保姆住在二层，我和爸妈住在三层，所以，S君就只能住在四层的阁楼里。贵阳经常下雨，而且一下就是好几天。一天清晨，我到四层阁楼去叫S君下楼来吃饭，却看见S君正抱着一个罐子侧躺在床上。我惊讶地问："你在干什么呀?！"S君苦笑着说："我在接水啊！"原来，屋外下雨，屋里漏水，S君不得不抱着一个罐子睡了一夜。

S君还曾和我一起去过我外婆家。外婆见到我们，激动得不行，给我俩做了一大桌子菜。吃完饭，我让S君去洗碗，本意是想让他表现一下。外婆却大惊失色，连忙阻拦，还把我拉到一边，严肃地说："你怎么能这样对你男朋友呢？男人都是要面子的，以后千万不能这样！"我这才恍然大悟，对男尊女卑有了最初的概念。

我爸妈对我和S君的关系一直不置可否。我妈对S君的印象还好，觉得他颇有修养。我爸虽然没能用狗吓跑S君，却也没看出S君有什么过人之处，反而觉得他说话不文不白，有些迂腐。不支持，也不反对，这大概就是我爸妈的态度。抑或，我爸妈一直为他们自己的事情而烦心，所以没顾得上操心我们的事。

黑　狼

黑狼是我家的一条狗

仅仅是坐在那里，就是一种威胁

像一座假山，我第一次看见它时已经不敢相信

竟有如此庞大而强壮的生物，哪怕是电影里的野兽……

硕大的头颅正面对峙着你，没有气喘

悄无声息

黑黄间杂的毛发，泰然地垂着，威风凛凛中透着一股杀气

四个脚爪厚如熊掌——那未曾谋面的熊掌——却似乎布满了紧绷着的神经

不知什么时候就会跃然而起

“黑狼，”我窃窃地叫了一声，它面无表情地看着我

发红的眼睛里闪过一丝颤巍巍的善意

黑狼是我家的一条狗

五、道别

“近日整理书稿，重新拾起一封封旧时的信件和一些零星的诗句。却发现，原来那些曾经最依恋的人、最深沉的爱，都不曾留下光鲜的印迹，倒是近了离别之时，才有了缠绵悱恻的句子和感悟至深的思绪。仔细想来，这也符合平常的道理。人在快乐之时，总是有点忘乎所以，急于饮尽甘甜的滋味，来不及细细品尝。只有到了离别时，才开始思考甜蜜的不可长久，酸甜苦辣的味道才慢慢呈现出来。谁曾想，离别却是一张酸碱杂糅的试纸，只有那些浓重而真实的情感，才会在思念的倒影中留下斑驳的痕迹。恋爱从离别开始，你走过的每一分钟都是我的记忆。恋爱从离别开始，你从未留下过空白……”

上面这段文字是我和S君分开两年之后写下的，道

别大概是最能体现恋人之间深情厚爱的场景。我与S君之间的道别，有好几次，都让我难以忘怀。

从北戴河回来后不久，假期还没结束，我就准备回家。那时，S君与我正如胶似漆。天天黏在一起，就像人需要呼吸、吃饭、睡觉……一样，我们成了彼此的必需品，须臾不可分离。

我回家要先从清华坐公交车去北京西站，S君帮我拖着行李，送我去公交车站。起点站，公交车上没什么人，我上去坐好，跟S君道别，车开了，我看着前方，思绪万千。突然，公交车司机指着后视镜，跟我说："看后面，看后面，他在追你呢！"我赶紧回头看，S君正追着公交车朝我挥手，我突然好感动，几乎要泪流满面。我奋力地朝他挥手，激动得说不出话来。

后来，我曾多次想起这一幕，却觉得好奇怪：既然S君当时这么舍不得我，那他为什么不送我去火车站呢？结婚之后，每次出远门，老公都要送我到机场或者火车站的安检口，一直看着我走远，但我却再也没有那样感动过。或许，这就是人生，在那个幼稚而敏感的年龄，才会做出如此不到位的关心，却也能感受到最动人的爱情。

还有一次道别，是我从清华硕士毕业，准备去意大利留学。临行之前，S君陪着我四处购物。电饭锅、录音笔、衣服、药品、各种书，装了满满一大箱子。S君送我到机场，没想到行李太重，东西带不走。我立马打开旅行箱，里面的各类物品散落一地，难以收拾，就像我当时的心情。不知道前路漫漫，何时是归期。

大学里的情侣大都很少能最后走到一起，这不仅因为谈恋爱的时候抱有太多的幻想，还因为各自都前途未卜，爱情、婚姻、学业、事业无法兼顾。清华的情侣们，有很多也是这样，一方出国留学，而另一方留在国内，很难终成眷属。

我拣了几样重的行李塞到S君手中，让他帮我保管。然后托运了行李，轻装上阵，满怀憧憬地踏上了飞往意大利的航班。

我和S君最终没有能够在一起，并非他负了我，也不是我负了他，一些人力无法改变的客观原因使我们最终无法组成家庭。即使在许多年之后，我都能深切地感受到离别之痛。分手是我提出来的，所以他可能会恨我。然而，我曾无数次地问自己：是被别人割掉一条腿痛，还是自己割掉一条腿痛？肌肤之亲，切肤之痛，这大概就是为爱付出的代价。

喃喃丝语

我知道你要走，是抓不住的。

我的血像空气一样稀薄，连呼吸的力气都没有。

我只能在梦里见到你，看你微笑，听你说话，

能不能让我多做一会儿梦，不要把我叫醒？

这么多的记忆，不仅深藏在我的脑海里，也沉睡在我的身体里。

它们使我成为你的，即便我走遍天涯海角，满眼装的都是你。

我的心是你的，我要经常打开来给你看，让你知道，你随时都可以把它拿走……

六、重逢

我曾无数次地在脑海里构想与S君重逢的场景，但从未想到，我们的重逢会是在剑桥。

2016年，我带着孩子在剑桥大学访学。有一天，

我突然收到S君发来的微信，说他恰好在英国出差，参加伦敦书展，计划到剑桥来玩，问我能不能见面。收到信息，我心里五味杂陈，但又止不住地欣喜，便一口答应了。

S君来的那天，我骑着自行车，带着孩子，到市中心与他见面。当时，我到剑桥已经有好几个月了，自然就当起了导游。我先是带S君去了出版人的圣地——剑桥大学出版社书店，接着又带他到圣约翰学院和国王学院参观。

圣约翰学院有碧绿的大草坪、高耸入云而精致复杂的尖顶建筑，还有像多棱镜一样的长廊。我一边走，一边给S君介绍趣闻和典故。我告诉他，剑桥有些学院类似修道院，他们崇尚一种复古的生活，像圣约翰学院的学生，直到20世纪末，还在用蜡烛。说到这儿，我们都忍不住开怀大笑。圣约翰学院有一座叹息桥，是世界上仅有的四座叹息桥之一，我看着S君从圣约翰学院的叹息桥上走过，他回过头来，想让我给他照相，我笑着说，我们到桥下照吧，“叹息桥上应叹息”。他会意地走下桥，远远地拍照。

国王学院是剑桥大学的王牌学院，一走进国王学院，就有一种庄严肃穆之感。我告诉S君，国王学院正中间的那栋白色大理石的大楼是中国人捐了大理石修建的，而捐大理石的唯一条件就是，要在国王学院的后花园放一块刻有《再别康桥》诗句的石头，以纪念徐志摩。当时，国王学院的校董们经过了好几轮商讨和投票，才表示同意。不知不觉，我们走到这块著名的石头面前，我和S君都静立无语，只有孩子咿咿呀呀地念着："轻轻地我走了，正如我轻轻地来……"刹那间，二十多年前，我和S君一起读诗、写诗、演绎徐志摩和林徽因的爱情故事的画面又重新浮现在眼前……

从国王学院出来，我决定带S君去"老鹰酒吧"坐坐。关于这个酒吧，在剑桥有一段佳话。传说当年发现DNA双螺旋结构的三位科学家，科研工作遭遇瓶颈，就相约到老鹰酒吧来喝酒放松，结果灵感乍现，一下子就破解了DNA的双螺旋结构，还获得了诺贝尔奖。从那以后，老鹰酒吧就不会缺少顾客，或远或近的人们，总是络绎不绝地来瞻仰这一科学圣地。S君当初是学物理的，硕士学的又是科学史，当然不能错过老鹰酒吧。

我们点了两杯啤酒和一碟薯条，在酒吧里坐下来，一边喝酒一边闲聊。S君问起我在剑桥的生活，我开玩笑地说，就好像回到了清华，到哪儿都得骑着自行车。不过，现在不同的是，到哪儿都得带着“他”。我指着孩子，笑着说。S君笑着对孩子说：“你重不重？有没有把你妈累坏了？”孩子一听到我们的谈话与自己有关，突然来了兴趣，就问我：“妈妈，我是不是你用自行车驮过的最重的东西？”我一下子不知道该怎么回答，就笑而不语。孩子看我不理他，就问S君：“叔叔，你用自行车驮过的最重的东西是什么？”谁知道，S君也一时语塞，不知道如何回答。孩子问得急了，S君嘟囔了一句：“问你妈啊，我用自行车驮过的最重的东西是什么？”“妈妈，妈妈，叔叔驮过的最重的东西是什么？……”

S君游剑桥时间有限。我们在老鹰酒吧匆匆喝完啤酒，他就要去市中心与同行的同事搭车回伦敦。临别时，他帮我把孩子扶上自行车的后座，看着我骑着自行车晃晃悠悠地离开。在回家的路上，蹬着沉重的车子，我不禁想起：当年，在美丽的清华园，有时候是S君用自行车驮着我到处转，有时候是我骑车带着他。那种无忧无虑地谈恋爱的滋味，就像我坐在自行车后座上哼唱的歌那样，甜蜜蜜。

怀 念

爱情，狂风般来了，
又狂风般逃离，
海面上曾经汹涌的巨浪，
最终向平静归依。

年迈的渔人驾着小船，
小心地驶向深邃和静谧，
轻轻地问，
怀念风吗，你？

大海会心地笑了
泛起层层涟漪，
它回家了，
就住在我的心里。

偶尔也在心底扰动，
但却不愿那般轻易。

辑二

我的学术旅程

虽然离开了清华园，我的学术旅程却没有止步。怀揣梦想，我远渡重洋。也时常在艰难困苦中前行，宛如逆水行舟。但有兴趣相伴，辛苦又何妨?

我的学术旅程

“李石在意大利求学期间不仅要努力融入意大利的语言、文化、饮食等等，而且还必须对意大利的铁路交通系统相当熟悉。而我也由此感到非常荣幸：这是第一次有学生旅行如此遥远的距离专门来拜访我。”这是十多年前伊恩·卡特教授写在我博士论文序言里的一段话。每当我读到这段话，就回忆起十多年前我“追寻自由”的热情，并因导师的理解而时时感到欣慰。

一、从罗马到米兰

十五年前，我在意大利LUISS大学攻读政治哲学的博士学位。为了通过中期测试，每个博士生被要求阅读近三千页的英文文献。读到以赛亚·伯林在《两种自由概念》一文中对“积极自由”的阐述时，我感觉像被一道闪电击中了一样，突然明白了内心中那股不断推动自己前进的力量，就是“自由”。从那以后，我便立志要将“自由”概念作为我研究的方向。

然而，LUISS大学的博士导师组里却没有专门研究自由的导师。于是，有老师推荐我去米兰近郊的帕维亚大学拜见卡特教授。卡特教授是研究“自由”概念的专家。他出版了近六百页的《度量自由》一书，在《伦理学》等顶尖学术期刊上发表了好几篇关于自由的论文，而且还是《斯坦福在线哲学百科全书》“积极自由与消极自由”词条的撰写者。如果说，读到伯林的《两种自由概念》让我感觉“一见如故”，那么，求学于卡特教授门下就是我学术生涯里的第二次“一见如故”。

卡特教授的家在米兰。于是，在撰写博士论文的最后一年中，我大概每两个星期就要往返罗马和米兰一次。早晨8点，在罗马市中心的Termini（特米尼）火车站搭乘“欧洲之星”列车，大概四个小时就能到达高大巍峨的米兰中央火车站。这座建筑用大理石建造而成，车站内空旷宽阔。衣着时髦的人们来来往往，

与卡特教授合影

不时有优雅的高跟鞋踏在大理石地板上，发出“咯噔”的回响，就像在厚重的历史上奏响的时尚之音。

从火车站到卡特教授家要经过米兰大教堂，我一边走一边凝视着这座如冰山一般雪白高耸的哥特式建筑，就像看到心中的力量在向上生长。

中午，卡特教授会在家里做一些简单的午餐请我吃。我们吃着英国绅士做的意大利面，聊着中西文化的各种话题，既有趣又温暖。吃过午饭后，卡特教授开始和我讨论博士论文，有时候他会去书房翻箱倒柜地帮我找参考文献，有时候他拿着亲手改过的论文逐字逐句地讲，甚至还会纠正我中式英语中的一些语法错误。有一次，我还幸运地获赠了他的博士论文《度量自由》一书。

大概下午4点多的时候，我就必须从卡特教授家出发了，要不就赶不上晚上6点回罗马的火车。上车四个小时之后，我回到了罗马Termini火车站，再乘坐满载的最后一班公交车回到自己的住处。公交车上都是夜归的移民，相互推搡着，我紧张而小心地保护着自己。快到夜里12点的时候，我终于安全地回到住处。洗漱完，安心地躺在床上，一夜无梦。

二、悬崖山庄之旅

这样的学术旅行一直持续到我毕业前的一个月。2007年7月，卡特教授已经放暑假了，正与家人在佛罗伦萨附近山区里的一个庄园度假。在论文答辩之前，我非常希望能当面和卡特教授确定一些细节问题。当时，我母亲也因为要参加我的博士论文答辩会来到了罗马。于是，卡特教授便邀请我和母亲去他们在Corbezzi小镇附近的庄园里小住。

我和母亲在佛罗伦萨乘上了通往山中庄园的列车。这趟列车是老式的窄轨火车，哐当哐当地在悬崖峭壁间穿行。我坐在车窗边，有些害怕地往窗外看，火车的速度快得惊人，轨道两旁就是万丈深渊，我不由得紧张起来，感觉自己就是这辆飞驰在悬崖顶端的火车，走错一步就会万劫不复，而自己却完全无法控制行驶的方向。这大概就是我在论文答辩之前的内心写照!

火车终于到站了，我远远地就看见卡特教授在车站等我们。然而，令人猝不及防的是，此时车门却怎么也打不开，我使劲摁开门的按钮，母亲也急得不知所措……我紧张得要命。天哪！要是火车开走了可怎么办啊！在这悬崖顶上……“哐”的一声，车门终于开了，卡特教授笑盈盈地站在我们面前。我长舒一口气，原来一切都只是有惊无险。

第二天一早，卡特教授一家、我和母亲一起吃早饭。卡特教授的夫人Maria做了诺玛意面（pasta alla norma），里面有里考塔奶酪（ricotta cheese）和茄子。我母亲完全忍受不了奶酪的气味，这让卡特教授的两个儿子非常兴奋，他们又跳又叫，觉得这是天底下最不可思议的事情。这也是我第一次见到卡特教授的家人。当时，那两个男孩大概六七岁，非常活跃。

吃完早饭，卡特教授的夫人带着两个孩子出去玩，我母亲一个人在附近的山间小路上散步。我和卡特教授讨论博士论文的最终稿。卡特教授还是一贯地重分析，追问我每一个观点的理由，逼我澄清自己的思路，完善每一步论证。我们讨论快结束的时候，母亲采了一大束野花回到庄园，鲜花插在花瓶里，我的心情好了许多。那次讨论之后，我对自己的论文增强了信心，坐悬崖火车回去的路上，也没那么害怕了。

7月中旬，博士论文答辩会在罗马LUISS大学举行。据我母亲观察，我从头至尾没有表现出紧张和不自信（其实心里还是很紧张的）。经过一个多小时的陈述和问答，我最终顺利地通过了答辩。看到庆祝用的香槟被端上来的那一刻，我心里像鲜花盛开了一样美。我们同年的博士生有八人，只有四人在当年通过答辩，而我是其中唯一的女生。

三、从剑桥到伦敦

博士毕业十年之后，我有机会到英国剑桥大学访学。此时，我已不再是二十几岁的年轻学子，甚至还拖家带口，但我仍然能感受到自己心中那股力量，激励着我的学术旅程。

昆廷·斯金纳（Quentin Skinner）教授是政治思想史研究中剑桥学派的著名教授。一到剑桥，我就非常想去拜见他。但与其通信之后才知道，他当时已经不在剑桥大学，而是去了伦敦大学玛丽女王学院。而且，我们第一次通信的时候，他正在美国访学。斯金纳教授说，他在来年2月会回伦敦。于是，我们便约定在第二年2月的某一天在玛丽女王学院见面。

这一天，我早早地把孩子送到学校，一路骑着自行车飞奔到剑桥火车站，买了火车票赶去见自己心目中的“学术偶像”。从剑桥到伦敦，最快的列车大概只需要50分钟，慢车也就一个多小时。到了伦敦国王十字火车站，我又换乘地铁，大概比约定时间提前了半个小时到达斯金纳教授的办公地点。

约定的时间还没到，我就在斯金纳教授办公室的楼下转悠。这让我想起十几年前我刚从清华大学化学系转入哲学系，第一次去拜见我的硕士导师万俊人教授的情形。当时，我按捺不住激动的心情，提前了将近一个小时就到达万老师家楼下。由于约定的时间还没到，不敢贸然打扰，就在导师家楼下闲逛。没想到却引起了保安的注意，被盘问了半天，直到出示了学生证，才得以脱险。

我准时在约定的时间敲响了斯金纳教授办公室的门，斯金纳教授非常热情地接待了我，询问了我到剑桥访学的相关情况，以及我的研究方向、研究内容等等。在这次见面之前，我准备了与斯金纳教授学术研究相关的一系列问题，这时，我便一一地向他请教，不时地做着笔记。斯金纳教授还非常高兴地告诉我，他很快便会访问北京，也问起我中国的一些情况。最后，斯金纳教授问我，和他见面之后会去哪里，我说会立刻回剑桥。

他哈哈笑了两声，说道：“你应该去国家美术馆、大英博物馆、白金汉宫这些地方转转啊！大老远从剑桥跑过来，何不在伦敦多转转呢？”我抿嘴笑着，没有回答。

从斯金纳教授的办公室出来，我就径直赶往了伦敦国王十字火车站，买了最早一班回剑桥的火车票，赶回剑桥。其实，我必须在下午3点之前赶到孩子的学校接他放学回家。这就是我对斯金纳教授的提议“笑而不答”的原因。为人妻、为人母之后，我倍感兼顾事业与家庭之困难，时时感到力不从心，但我心中那股力量仍然激励着我，尽一切可能，奋力向前。

四、从济南到北京

时光不会倒流，故事却可能重演。一年前，卡特教授当初在我的博士论文序言里提到的那份“荣幸”，也机缘巧合地来到我的生命中。

2018年4月，我收到一封学生来信，一个已经考上人民大学硕士的学生想要选我做导师。我希望能见见这个学生，便与她约定某一天在办公室见面。见面那天，学生准时来了，一个很文静的女生。谈论之中，我才突然意识到，这个孩子是山东大学的本科生，并非像我先前以为的，是人民大学自己的本科生。为了与我在约定的时间、地点见面，她是专程从济南赶过来的，当天还没法回去，得在北京住一夜。而且，她在过来之前，还不知道我是否会答应做她的硕士导师。

那天，我当场决定收她做自己的硕士生。因为，我清楚地知道，一个如此珍惜与导师见面机会的学生，一定会珍惜在人民大学学习的时光，一定不会辜负我的教导和希望。

学生们把师门微信群起名为“追寻自由”，我非常喜欢这个名字。虽然，近五年来，我的研究重点已不再是自由理论。但是，那种“追寻”的精神，还是时时激励着我，也激励着我的学生们。

回首往事，追忆那些或远或近的学术旅程、所有不计得失的孜孜以求……我时常会问自己，我苦苦追寻的到底是什么？有时候追寻的是同道知己，有时候是良师益友，有时候是学术明星，有时候是知识、是智慧……其实，在这所有“追寻”的背后，有一个终极的原因，那就是“梦想”。“路漫漫其修远兮，吾将上下而求索……”学术让我走出家门，“梦想”激励我走遍世界。

教皇的葬礼

时至今日，我仍然对在教皇葬礼那天的遭遇感到无比惊讶和感动。作为一个性格叛逆的无神论者，任何宗教仪式对于我来说都是难以真正参与进去的。在世界天主教的中心罗马留学一年以来，我也曾抱着好奇的心情和学习语言的目的去参加过一两次弥撒，但总是不由得感到有些好笑。“牧师就像演员，”我总是跟朋友说，“但是骗不了我。”

教皇去世在愚人节的第二天，这又让我觉得有些好笑，因为前一天已经有人传出他去世的消息，结果仅仅是愚人节的玩笑。教皇的遗体告别仪式持续了三四天，整个罗马被世界各地涌来的朝圣者挤得满满当当。或许是互相感染的原因，人们都沉浸在默默的悲哀之中，不论是信徒还是非信徒。当然也有被这种情绪惹恼了的天性快乐的青年。跟我住在同一个单元房的女孩开始抱怨千篇一律的关于教皇的电视节目，“I'm sad, but it's just too much”（我是悲伤的，但实在是够了）。在教皇遗体告别期间，我和几个朋友去过圣彼得广场一次，作为局外人，我们仅仅是为了看看朝圣的人群。广场上挤满了疲惫的人们，很多人从教皇的故乡波兰赶来，他们带着简易的帐篷、塑料布、毯子，席地而坐，席地而睡，他们想在最后的时刻多陪一陪教皇，并且相信这样可以保证他们在教皇的葬礼上占据一个较好的位子：参加世界上规模最大的葬礼，见证这百年不遇的历史时刻，让每一个罗马市民、各地游客以及四处涌来的朝圣者激动不已。然而，这些好像都没有触动我的神经，教皇葬礼的前一天我还在跟几个同学说，排队十几个小时仅仅为参加教皇的葬礼真是愚蠢至极。我想，大家不过是想凑热闹而已吧，每个人都将教皇的葬礼想象成一个重要的历史时刻，于是加入拥挤的人群，这是大众心理不成熟的表现。几个德国来的留学生约我第二天一起去圣彼得广场，也被我很断然地拒绝了。我还是抱着旁观者的心态，“我不是信徒，教皇的去世跟我无关，而且我不喜欢参加葬礼”。

葬礼当天上午，罗马上空巡逻的直升机惊扰了我的睡梦，我的心像是突然被击中了一样，兴奋不已，我忽然意识到一件重要的事将要发生，城里所有人都去了，我必须和大家在一起。我急急忙忙地和一个也起晚了的德国女孩来到中央火车站，见到另一个荷兰女孩，我们一行三人，准备搭地铁去圣彼得广场。当时离教皇葬礼开始的时间仅有一个小时，据说为了防止拥挤，圣彼得广场在前一天晚上已经向朝圣者关闭，只有那些在广场上露宿的信徒才可能真正参与教皇的葬礼。还有消息说，约有四万人拥挤在圣彼得广场附近，所以想要在葬礼开始前进入广场完全是天方夜谭。

从中央车站到圣彼得广场，我们三个女孩一路说笑，并犯了一系列愚蠢的错误：我们坐错了线，在换回正确的地铁线后，又下错了站；到了梵蒂冈附近，我们选择了一条错误的道路，走到一条拥满了朝圣者的路上。数以千计的朝圣者从各个方向涌到这条路上来，我们不由得有些担心和害怕，并且最终选择了放弃前进。我们挤出人群，走在一条偏僻的小路上，有意无意地开着关于教皇葬礼的玩笑。有一个比利时人，自称是某报社的记者，给我们拍了一张照片，并做了简短的采访。我们继续走着，漫无目的，几乎完全放弃了进入圣彼得广场的想法，并自我安慰地找了些理由："我们不喜欢拥挤的人群……”但又不愿就这么回去，只是想待在附近，与大家在一起。一路上，我们碰见了身着各种制服的警察、志愿者，还有人给我们递饮用水，但一直没有人阻拦我们。奇迹就在这时出现，当我们漫无目的地转出一条小街，圣彼得广场外围巨大的四重石柱突然出现在我们面前，石柱的另一边就是圣彼得广场，此时此刻是平静的人的海洋。我们被眼前的胜景惊呆了，不由得停下脚步，却有安保人员催我们继续前进。我们跟随着一小队人群从石柱间穿过，一直前进。让我们惊讶万分的是，广场上密密的人的海洋中间居然有一条通道，我们就像传说中的摩西，步入神秘地分开的红海，穿过平静的人群，直到广场的中央。当我们在广场中央的方尖碑附近停住脚步时，教皇的葬礼恰巧正式开始。此时此刻，广场上站满了从世界各地涌来的信徒，色彩鲜艳的各国国旗在广场的各个角落迎风飘扬，庄重而平静的圣歌和着厚重的管风琴伴奏，在广场的四周回荡……刹那间，我的双眼充满了泪水，我似乎突然领悟了某种宗教精神：世界是每一个人的世界，所有的人，不论是平民还是帝王，是腰缠万贯的富豪还是一文不名的穷学生，是虔诚的信徒还是桀骜不驯的叛逆者，每一个人都享有机会平等地参与到这个世界中来。回想一路上的经历，我心里充满惊讶与感激：我从未认真地思考过信仰，一直调侃着宗教的各种仪式；我懒惰而愚蠢，很晚才起床还坐错了车、下错了站；我没有坚强的意志，一见着拥挤的人群便放弃了进入广场的愿望……然而，在这重要的时刻，我却和身边所有的人站在了一起……也许，上帝是仁慈的，他原谅一切，无论我们做过什么，他爱那些犯过错误的人，并且用他的爱拯救我们的灵魂。

整个葬礼持续了约三个小时，四万信徒和十四位国家元首一起在静静的哀悼之中，平等地参与了这一盛大典礼。“每一个人都在天堂里享有平等的公民权”，这是圣彼得大教堂前主教的发言。然而，上帝则让每个人都在人世间平等地面对他。

You did not choose me, but I chose you. And I appointed you to go and bear fruit, fruit that will last. 〔不是你们拣选了我，是我拣选了你们，并且分派你们去结果子，叫你们的果子常存。(《约翰福音》15：16)〕

开春第一游

体育运动中常伴我而不倦的就是游泳了，上小学时参加过游泳队，每天游两三千米，坚持了三年，至今仍在印象中的就只有教练法西斯式的严厉和柔软的浪花擦着身体而过的浪漫感觉了。不训练的时候，常和父亲去河里或是湖里游泳。父亲也酷爱游泳，而且身躯高大，却游不过我这个十几岁的小孩，这让一家人都很是得意。父亲的教育也是法西斯式的，不知从哪一年起，这几乎成了家里的传统：每年的大年初一，我都会被逼下水，父亲说是要锻炼我的意志。家里的其他人都很反对，特别是外祖母，说女人是不能被冷水激着的。而母亲总是很赞成，只是在看到我被冻得像只落水鸡一样哆嗦的时候，却又忍不住心疼。

游冬泳的感觉确实很刺激，尤其是下水的时候，赤着身子站在水里，面对着无边际的寒冷，心中涌起一种“壮士一去兮不复还”的悲壮感，一头扎入水中，全身上下立即像布满了密密麻麻的钢针，一种始料不及的恐慌扑面而来，不由得大叫起来。

两天前，这样的叫声就回荡在罗马近郊的一个火山湖中。Castel Gandolfo湖在距罗马30公里远的一个小镇上，是教皇的夏宫。每年的7月和8月，来此度假旅游的人很多。而复活节，因为天气尚冷的缘故，没有多少游客。我与一个在罗马访问的中国学者相约同往。

湖面非常平静，悠悠的，蓝蓝的，让人一见就想跳下去。阳光很温暖，像是湖水也不冷似的。我便欣然换了衣服，谁知道，双脚站在水里的那一个刻，我就想回岸上去了——双脚像是要断在水里似的。疼痛之中，小时候被父亲逼着下水的那股悲壮的情感上来了，也顾不着许多，便一头扎进水里，痛苦而欢乐地叫起来，引得岸上晒太阳的人们投来奇异的眼光。

在水里扑腾叫唤了一阵，才觉察到自己的孤单。岸上虽有许多人观望着、称赞着，青山绿水、波光粼粼、艳阳高照，却没有一个同游者。细想起来，自从父亲过世以后，自己从未在冰天雪地之中跳入水中。没什么特殊的理由，只是觉得这样不可思议之事，缺了一同来做的人。前几日是清明，每年此时我都漂流异乡，母亲打来电话说父亲的好多朋友都去了坟上。我无可回报那些不可思议之事，也无法得见那不可思议之人。这开春之时的清爽、欢快而孤单的一游，就算是对那不可思议之人的祭奠吧，只愿天上人间能同享这游泳的快乐。

2006年4月，罗马

我与英国政治哲学的情缘

我与英国政治哲学的情缘始于伊恩·卡特，伊恩是我十多年前在意大利罗马攻读政治哲学博士时的导师。我那时正着迷于“自由”这个复杂的概念，所以就理所当然地想要拜伊恩为师。伊恩在自由概念的研究上颇有建树，不仅出版了政治哲学巨著《度量自由》，而且还在伦理学以及政治哲学的重要学术期刊上发表了不少影响深远的文章。最重要的是，《斯坦福在线哲学百科全书》中的“积极自由与消极自由”词条也出自伊恩之手，而这正是我最初学习自由概念的入门读物。

伊恩虽然不住在罗马，却也欣然接受我为学生，而这意味着我在做博士论文期间每两个星期就要从罗马到米兰做一次学术旅行。与伊恩见面大多是在米兰伊恩的家里，后来也曾去过他在博洛尼亚附近山区里的别墅。还有一次去了伊恩授课的帕维亚大学，那是全世界最古老的大学之一。

伊恩对于世界各国的各种文化都抱有天然的好奇。自从与我相识之后，他一直对中国的各种东西——从食物到文字、从音乐到绘画、从京剧到诗歌……都抱有极大的兴趣。这也使得我与伊恩之间除了政治哲学之外，多了许多聊天的话题。

伊恩是土生土长的英国人，出生在诺丁汉附近的小镇。他曾绘声绘色地给我说起诺丁汉的城堡，还有城堡山下黑黑的洞穴。2017年5月，我在英国访学期间专门去诺丁汉看城堡和地下洞穴。确实如伊恩所描述的那样，在庄严而雄伟的城堡下面，几乎整座山都被挖空了，里面是纵横交错的地道和密室。这些神秘的、黑咕隆咚的密室一定给那个爱探索的小男孩伊恩留下了终生难忘的印象。

7月和8月是英国最宜人的季节，每年这个时候，伊恩都会从意大利回英国探亲。每次回去都会固定地拜访两个人，一位是自己的母亲，一位是被自己奉为精神导师的希尔·斯坦纳（Hille Steiner）教授。

一

斯坦纳教授现在是英国曼彻斯特大学的荣誉教授。自从50年前他从加拿大来到曼彻斯特大学求学以来，他就一直待在这所学校，在这里求学、成家、教书、做研究，直至成为这所大学最知名的政治哲学教授。2017年5月，在伊恩的引荐下我去曼彻斯特拜访了斯坦纳教授。那时正好是英国小学的假期，我带着孩子和母亲从剑桥乘火车，经诺丁汉，来到曼彻斯特。

在火车站出口，我们见到了斯坦纳教授。他身材高大，穿着格子衬衫和军绿色夹克，两鬓斑白，但看起来仍然充满了活力。他紧紧地和我握手，又同我的母亲和孩子打招呼。出了火车站，他开车带我们去他家。当时，正是曼彻斯特遭到恐怖袭击后不久。街上行人行色匆匆，街道旁的显眼处则贴着反对恐怖主义的标语。斯坦纳教授特意绕道带我们从曼彻斯特大学里面穿过，一边开车一边给我们介绍大学的各个建筑。

斯坦纳教授独自一人住在离曼彻斯特大学不远的一幢四层小楼里。这幢楼房有许多房间，顶层还有开着天窗的小小的阁楼。我们惊奇地发现，每个房间里都有许多男孩子喜欢的玩具：乐高、小汽车、动物模型，还有绘本。有一个房间里还有不少乐器：架子鼓、小号、吉他。原来，斯坦纳教授有三个儿子，现在这三个儿子读书的读书，成家的成家，都已经离开了这里。一层饭厅的墙壁上贴着许多老照片，记录着孩子们成长的各个阶段和美好瞬间。我们在斯坦纳教授家的小楼里住了两天，这两天里我与斯坦纳教授细致地讨论了自由主义左派的学术思想，而我的小孩呱呱则从大哥哥们留下的各种玩具中获得了不少乐趣。

一聊起政治哲学，斯坦纳教授就变得兴奋而严谨。斯坦纳教授是当代政治哲学中左派自由至上主义的代表。他一方面坚持右派自由至上主义者诺奇克的基本预设，另一方面又反对诺奇克对于放任自由市场的过度推崇，以及对于经济不平等的冷漠态度。斯坦纳教授认为，与诺奇克相比，自己的理论更好地遵循了自由至上、权利至上的理论前提；而诺奇克的理论恰恰没有能够对权利及其限制进行确切的阐释。

斯坦纳教授对我说，他写出博士论文那年，刚好与诺奇克发表自己的成名之作《无政府、国家与乌托邦》同年——1974年。所以说他的学说是与诺奇克的相

斯坦纳教授

伴而生，是对诺奇克的批评与修正。而他的这本博士论文《论权利》（*An Essay on Rights*）则在1999年获得英国年度最佳图书奖，这也是他最得意的作品之一。

近几年来，斯坦纳教授的政治哲学思想在当代政治哲学研究中开始得到越来越多的认同。皮特·沃伦泰尔（Peter Vallentyne）和迈克尔·奥祖卡（Michael Otsuka）等人也注意到了诺奇克学说中前提与结论之间的张力。在批评诺奇克的基础上，这几位学者对于私有权、市场、税收等分配问题阐述自己的看法，形成了当代政治哲学研究中的一个重要派别：左派自由至上主义。这一派别试图在坚持权利至上地位的同时，以税收方式调节社会中的不平等，其理想是实现一个既自由又平等的社会。这确实是一个让人向往的政治理想。

除了学问的交流，斯坦纳教授还和我聊起我的博士导师伊恩当时在曼彻斯特大学念书的情形。有一年，斯坦纳教授开了一门教授诺奇克正义理论的课。当时，学生们对正义问题还没有太大的兴趣，而斯坦纳教授也还是一位初出茅庐的年轻老师。所以，选课的学生居然只有伊恩一人。于是，斯坦纳教授干脆把伊恩叫到家里来上课，就在这幢四层小楼里。而一上课，师徒两人就没有了时间观念，常常是聊哲学、谈人生，在绿树掩映的花园里喝茶辩论，或是在密密匝匝的群书之间翻阅资料……不知不觉间度过整个下午的时光。

谈话之间，我好奇地问起，伊恩怎么会舍得离开斯坦纳教授去佛罗伦萨的欧洲学院（European Institution）攻读博士学位？斯坦纳教授稍显得意地回答："那是我的主意！当时政治哲学在意大利还没有多少人研究，尤其是自由理论，研究的学者凤毛麟角。所以伊恩过去是一件好事！"我对这一回答颇感惊讶，原来伊恩是被斯坦纳教授派到意大利去传播政治哲学理论的啊?！也许斯坦纳教授没能预料到，伊恩在意大利还影响了一位中国学生，而自己的理论也由此而为中国学界所知晓。

在斯坦纳教授家做客的两天中，我渐渐领悟了伊恩将斯坦纳教授奉为"精神导师"的缘由。斯坦纳教授不仅在学问上耐心地启发和引导我这位初次见面的外国学生，还悉心地照顾我们，让我的母亲和孩子都感到自在而安逸。原来，真正的教书育人确如春风化雨——娓娓道来，润物无声。

二

2007年，我博士毕业，从罗马回到北京。当时清华大学正在举办一个政治哲学的国际学术会议，伊恩恰巧受邀到清华参会。由此，伊恩也得以到北京来看我。伊恩在北京期间，我陪着他在附近游览参观。后来，他曾向我说起，北京的风景，他最喜欢的是颐和园。

秋日的北京，天空是看不见底的蓝。树叶渐黄，昆明湖畔，杨柳依依。我们顺着十七孔桥走上湖心岛，一直走到岛的尽头。我低头望着湖水，他抬头看着天空。湖面波光粼粼，落叶飘飞。我惊奇地发现，湖水不是绿色，是蓝色，就像是看见了海，“海天一色”，而伊恩的眼睛里也荡漾着浅浅的蓝。

从颐和园出来，我问伊恩想吃什么，他说想吃点有挑战的东西。我随即想起了家乡的狗肉，问他敢不敢吃。他大笑起来，原来他来中国之前，一位剑桥大学的朋友曾告诫他，千万别吃狗肉，否则的话回去不再做朋友。但是，伊恩还是选择了挑战。抱着对中国文化的极大兴趣和好奇，在圆明园南门外的一家贵州餐馆里，伊恩第一次尝试了狗肉。而且，为了稍稍刺激一下那位剑桥好友的神经，伊恩在吃狗肉的时候，给那位朋友发了一条信息——当然，没有收到任何回复。我想，如果当时有微信的话，再发几张照片，那位朋友可能当即就与伊恩绝交了。

谁曾想，十年之后，这位剑桥大学的好友却也与我这位来自狗肉之乡的贵州人有了关联。在北京教书几年后，我有机会出国访学。在伊恩的引荐下，我来到了仰慕已久的剑桥大学，见到了这位为了“狗肉”要和伊恩绝交的马修·克莱默（Matthew Kramer）教授。

克莱默教授是剑桥大学法学院的教授、丘吉尔学院院士，以及剑桥大学政治哲学与法哲学中心的主任。我和克莱默教授第一次见面是在剑桥大学丘吉尔学院的饭厅里。他为了尽地主之谊，请我在丘吉尔学院共进晚餐。当我看到克莱默教授的晚餐时，立刻明白了他为什么会为了“狗肉”而与朋友绝交：克莱默教授的面前放着两个大号的方盘子，盘子里是煮熟的西蓝花、花菜和西红柿。盘子旁边还有一杯黑乎乎的咖啡。这就是他的晚餐，而且据说他的早餐和午餐也都是这样，没有肉、蛋、奶，甚至没有粮食，只吃蔬菜、喝咖啡。

看到我很惊讶，克莱默教授微笑着说“当然，你不用吃这个”，并示意我到餐厅里拿其他食物。谈话之间，我忍不住问他是什么时候开始这样吃的。克莱默教授说他十二岁的时候受到斯多葛学派道德学说的影响，便决意要自律。所以，从那个时候开始他就一直是这样的饮食。我又好奇地问，斯多葛学派有没有留下饮食应如何自律的“食谱”？克莱默教授迟疑了片刻，想了想，说“没有”，然后又补充道：“但斯多葛学派认为应该一直吃同样的食物。”我赶紧低下头吃自己的饭，希望我的问题没有动摇克莱默教授对斯多葛式饮食的坚定信念。

克莱默教授确实是一个非常自律的人。他每天早晨5点起床跑步（我们第一次见面时，他正因为跑步扭伤了腿，走路一瘸一拐的）；7点开始工作：读书、写作、回邮件，直至凌晨1点才上床睡觉。据斯坦纳教授说，在凌晨1点给他写信，也会马上收到回信。克莱默教授从没有假期，也从不旅游。圣诞节对于他来说就是工作的最好时刻，因为那段时间他不用回邮件。而他仅有的旅行就是去开学术会议，而且在开学术会议期间他还会自备饭菜，通常是一大袋苹果。

实际上，克莱默教授的刻苦和自律几乎到了我无法理解的程度。举个例子，一天我赶去参加一个重要的政治哲学研讨会，在大学图书馆门口偶遇克莱默教授。开始，我并没有认出他来，只看见一个人撑着伞，拿着一本书，正在小跑。我觉得此人非常奇怪，下雨天看书、跑步，如此刻苦勤奋！便多看了两眼，才猛然发现，正是自己访学的合作导师克莱默教授。我想上前打招呼，又有些犹豫，怕浪费了他的时间。

刻苦自律的克莱默教授至今未婚未育，一直住在丘吉尔学院给他分配的宿舍里。然而，克莱默教授并不觉得人生有什么缺憾。他曾跟我说，他觉得，他写的书就是他的孩子。而克莱默教授的“孩子”确实非常多。他简历上长长的书单，已经使他成为英国政治哲学界一颗冉冉升起的明星。我访学期间，参加了他的新书研讨会。在牛津大学哲学系最大的报告厅里，政治哲学界许多重要的学者都前来向这位学术明星表示祝贺。

克莱默教授并不像他的朋友伊恩那样对中国充满了好奇，他对于中国更多的是误解和陈见。他从未来过中国，他对中国的了解都来自西方的负面报道。他会问我，在中国的高校做研究是否能检索到英文文献。

在聊到中国近几年来在体育竞赛方面的长足进步时，他会认为，中国的孩子都像柏拉图的《理想国》里所描述的那样，只要是身体素质适合的就会完全由国家来培养，父母则不得不牺牲自己的孩子而为国争光。最可笑的是，临行前，我想送他一个手工制作的潍坊小风筝作纪念，他却指责我的行为是贿赂，甚至引申到中国的腐败问题……面对这样一个刻苦到刻板、执着到有一些偏执的人，我深深地感到自己所肩负的推动中西文化交流的担子还很重。

三

如果你在剑桥大学的主页上搜索政治哲学领域的专家，克莱默教授目前排在第二位，排在第一位的则是约翰·邓恩（John Dunn）教授。邓恩教授是剑桥学派的“三剑客”之一。剑桥学派在20世纪70年代以来的政治思想史研究中占有举足轻重的地位，开创了重视历史和语境的政治思想研究的“历史路径”。然而，当年在剑桥叱咤风云的“三剑客”如今只剩下垂垂老矣的邓恩教授一人（昆廷·斯金纳现任教于伦敦大学玛丽女王学院，约翰·波考克现任教于美国约翰斯·霍普金斯大学）。

邓恩教授其实并不老，他对新鲜事物充满了好奇，虽然没到过中国，却也对中国文化和中国人抱有天然的好感。他甚至写过关于中国革命的书，也写过关于社会主义的书。我到剑桥大学访学之前与邓恩教授并没有直接的联系。在网站上查到他的邮件地址之后，我便给邓恩教授写了一封信。邓恩教授很快回了信，并且约我在国王学院他的办公室见面。

第一次见面，我很冒昧地说要做一个访谈。邓恩教授毫无准备，但也欣然同意，对我提出的问题都一一做了回答，还配合我照了好几张照片。后来，只要有时间，邓恩教授就会约我在国王学院的院士饭厅里吃三明治。他每次都吃得很少，但聊得很多——天南海北地聊。他给我介绍英国的历史、文化，建议我应该去哪里旅游、去哪里挖化石。他还跟我说起他父母在印度打猎的惊险故事；还有他当医生的爷爷，有一个眼珠是假的，可以取出来吓唬小孩子；而他的一个远房姨妈，70岁了才开始读博士……当然，邓恩教授最喜欢聊的话题还是政治：他会大骂特朗普，说他将美国带入危险；也会批评韩国的腐败；还会说起英国的脱欧，以及美国与中国的微妙关系。

有一次吃饭聊天，邓恩教授还将自己的妻子、年轻漂亮的阿纳斯塔西娅（Anastasia）介绍给我。阿纳斯塔西娅是剑桥大学格顿学院（Girton College）的社会学家，是在苏联长大的乌克兰人。当时，阿纳斯塔西娅正身怀六甲，却仍然到处跑着上课、办讲座。她跟我聊起她去印度做田野调查时，还拜访了邓恩教授父母以前度蜜月、打猎的居处，而邓恩教授自己都没有去过。

除了在国王学院共进午餐，在一些学术讲座上也能见到邓恩教授。邓恩教授经常像一个普通学生一样坐在观众席上听政治思想相关的演讲。虽然在听的时候他也会偶尔打瞌睡，但在提问环节仍然能做出犀利的评论。2017年5月德国法兰克福学派掌门人阿克塞尔·霍耐特（Axel Honneth）来剑桥做了一个星期的系列讲座，邓恩教授场场都到。每次演讲开始之前霍耐特都要到邓恩教授面前恭敬地行礼，就像要开战的拳击运动员在赛前要握手拥抱一样。

2017年7月末，在我即将结束访学从剑桥回国之前，邓恩教授特意将我和家人都请到家里做客。一到邓恩教授家我们就惊呆了：客厅的地板上铺着一张完整的白底黑条纹的虎皮，硕大的虎头睁着大眼睛望着我们；饭厅的墙壁上挂着一张野狸猫皮，仰着头，也是睁着大眼睛望着人；而客厅的小茶几下面居然是一只大象脚！我突然觉得有些害怕，而我的孩子呱呱却欢欣雀跃，激动万分。邓恩教授介绍说，这些都是他父母当年在印度打猎时的战利品，当然，野外狩猎早已被禁止，这些兽皮则成了邓恩教授的传家宝。邓恩教授还拿出他父母在印度的老照片给我们看，看他们英姿飒爽、举枪打猎的浪漫生活。这时，呱呱突然来了灵感，要了纸和笔就开始作画。

最初的惊恐过去之后，我才慢慢注意到，这个小小的客厅里除了惹人注目的兽皮，还有好几架子的古书。有拉丁语的、希伯来语的、希腊语的、古英语的……都是西方政治思想史的经典：西塞罗、马基雅维利、霍布斯、洛克、卢梭……我一时激动得不知道该翻开哪一本，就问邓恩教授最古老的是哪一本。邓恩教授想了想，找出一本小册子，是一本1535年出版的法文书，一位法国人批评马基雅维利《君主论》的著作，已经是第二版。可见，《君主论》在刚写出来的时候就已经有了不小的影响。

晚餐开始之前，呱呱完成了他的画作：两只凶恶的大老虎，一个猎人举枪射击，另一个猎人跟在后面，怀里还抱着一个襁褓中的婴儿——不用问，这个婴儿就是呱呱想象中的邓恩教授。阿纳斯塔西娅非常高兴，又是给画作拍照，又是给呱呱吃冰激凌，俨然一位充满爱意的妈妈的模样。

在那次聚会两周之后，邓恩教授的小女儿就出生了。全家很是欣喜，邓恩教授还专门拍了照片发给我看——小宝宝穿着我送的中国红肚兜，白皙的皮肤、大大的眼睛，又漂亮又喜气。

四

如果一位朋友要十年才能再见一面，那相见的还是以前那个人吗？这是伊恩2017年8月到剑桥来看望我之前，最让我惴惴不安的事情。然而，一见到伊恩，我就完全释然了。他一点儿都没变，还是十年前那个一字一句给我改论文，与我在米兰的家中谈天说笑，在北京的贵州餐馆里吃狗肉的伊恩。虽然，他旁边赫然站着一个与他一般高的大儿子朱利奥（Giulio）。十年前，我也曾见到他的两个儿子，都才六七岁的样子，就像呱呱今天的年龄。

为了给伊恩和朱利奥接风，我们在家里包饺子。我和老公手忙脚乱，呱呱也异常兴奋。他把自己编的恐龙故事一个一个拿出来展示，英语突然说得特别溜，俨然就是他们班主任的语音语调。伊恩告诉我，他们班主任肯定是在伦敦地区长大的，而且口音很重。呱呱的表演让伊恩和朱利奥非常开心：在费劲地用筷子夹滑溜溜的饺子之余，能有奇幻的恐龙故事当佐料。当然，伊恩最后也审美疲劳了，问呱呱除了恐龙还有没有其他爱好。呱呱说喜欢巧克力，于是大家就开始吃巧克力。

第二天，伊恩带着朱利奥，我带着呱呱，我们四个人一起去参观菲茨威廉博物馆。剑桥虽小，但林林总总共有十几个博物馆，而菲茨威廉博物馆是其中最大、藏品最多的一个。我最喜欢博物馆里莫奈的好几幅画，画的都是英国南部侏罗纪海岸的风景，而我们当时正筹划着在回国前去侏罗纪海岸挖化石。伊恩和朱利奥对古埃及的展品颇感兴趣。我们在摆放着各种木乃伊的展区转来转去。这里展出的木乃伊品种很多，不仅仅是人的木乃伊，还有各种动物的：猫、鳄鱼，还有一种叫不上名字来的长腿鸟。古埃及人认为这些动物都带有神性，所以把它们也做成了木乃伊。

博物馆里除了琳琅满目的展品外，最让孩子们兴奋的还有商店和咖啡厅。朱利奥给他妈妈选了一条带有古希腊猫头鹰钱币形状吊坠的项链，呱呱也学着哥哥的样子给我选了一款样式相近的项链。然后我们四个人聚在咖啡厅里吃蛋糕，伊恩给我们推荐了“柠檬毛毛雨蛋糕”（lemon drizzle cake）。酸酸的柠檬和着香甜的奶油，确实非常好吃。呱呱吃得不亦乐乎，盘子都舔干净了。

从博物馆出来，天上飘起了雨。剑桥的天气就是这样，一天之中会有好几次变化，所以英国人时常备着伞。我那天出门特意带了三把伞。但伊恩和朱利奥并不觉得有什么，只是把衣服扣紧，戴上帽子就往雨里走。我和呱呱撑着伞跟在后面。

我们四个人在雨里走着，有一句无一句地闲聊，脚踩在湿湿的地面上发出啪嗒、啪嗒的声音。不一会儿，我隐隐约约听到有人在唱“lemon drizzle cake...lemon drizzle cake...yum yum...tummy tummy...”，原来是呱呱在唱。可能是在回味刚才蛋糕的美味，竟情不自禁地唱起歌来。只听他越唱越大声，自己编的四五句，旋律挺好听。朱利奥觉得好玩，也开始和他一起哼唱。接着，我们四个人都在雨里唱起来，就像电影*Sing in the Rain*（《雨中曲》）里那样，回味着酸酸甜甜的柠檬毛毛雨蛋糕的滋味，和着脚下啪嗒、啪嗒的节奏，唱着自己编的歌，快乐地在斜风细雨里前行。

回国后，我曾多次回想起那日的情景：在剑桥八百年的石板路上，回荡着大男孩和小男孩明亮的歌声，冰冰凉凉的雨滴飘落在伊恩和我满含笑意的面颊上。伊恩也曾写信告诉我，朱利奥很喜欢呱呱创作的那首歌，有时还用小提琴拉出来，而伊恩则以钢琴伴奏，然后全家人都会一起唱。

在伊恩到剑桥来看我的几天里，我们讨论了很多问题，学术的、文化的、语言的……给我印象最深的就是，我跟伊恩说起汉语里的“缘分”这个词在英语里没有对应的翻译。我把“缘分”的意思解释给伊恩听，他想了想，反驳了我的说法。他说，可以翻译成“serendipity”。我又去查英语的词典，觉得“serendipity”这个英文单词确实与“缘分”十分相似。

告别的时候，我们送伊恩和朱利奥到火车站。一路上，呱呱和朱利奥在比赛跑步，我和伊恩则聊着“相见时难别亦难”这句诗的含义；伊恩沉默不语，上了火车之后，他给我发了条消息：“希望下次相见不再是十年后。”

伊恩告别我们之后，去拜访了他的母亲和斯坦纳教授，然后再去斯特林参加克莱默教授组织的“英国分析法哲学与政治哲学研讨会”（UK Analytic Legal and Political Philosophy Conference）；我则带着呱呱去英国南部侏罗纪海岸挖化石，然后回北京，继续我教书育人的工作。

缘分有时相聚，有时消散，而我对政治哲学的执着却让我与英国政治哲学的情缘连绵不绝。只希望这份“情”与“勤”能架起中西文化交流的桥梁，为秉承不同文化传统的人们共同探索人类社会的奥秘尽一份微薄之力。

思想之路

剑桥大学图书馆六百年庆典展览

金秋十月，正是收获的季节。要是在北京，早已是金黄的栗子满街飘香，剑桥却时常处在风雨之中。雨过天晴时，便看见天边没有被带走的云彩，在国王学院华丽的尖顶和静静的康河之间荡漾。

剑桥大学历史悠久，可以追溯到1209年，一批为了躲避殴斗的教授从牛津大学分离出来独立门户。而如今，剑桥大学这株历经八百多年沧桑的古树，仍然生机勃勃，在人类科学的各领域进行着严谨而富有创造性的研究。

刚到剑桥就被剑桥大学图书馆所吸引。这是一座坐落在康河畔不远处的高大建筑，在剑桥镇星罗棋布的小院落之间，非常显眼。剑桥大学图书馆始建于1416年，今年正值建馆六百周年。在一系列庆祝活动中，最引人瞩目的就是镇馆之宝的展览。这些珍贵的馆藏可以大致分为六个主题：见证人类交流方式演变的珍贵文献、与达尔文进化论提出及发展相关的馆藏、牛顿力学与天体物理学研究相关的珍贵文献、见证解剖学的创立与发展的文献、宗教经典的珍贵版本，以及重要文学作品的珍贵版本。正如此次展览的标题"思想之路"（Lines of Thought）所示，这些最珍贵的馆藏不仅向我们展示了剑桥大学建校以来的辉煌成就，也照亮了人类理智世界前进的历程。

一、交流方式的演变：从甲骨文到TWITTER

剑桥大学图书馆最引以为豪的馆藏之一，是公元前16世纪到公元前11世纪中国商代的甲骨文残片。刻在牛肩胛骨和肋骨上的文字被认为是占卜时所使用的，这是现已发现的人类最古老的文字之一，也是人们交流的最初见证。

与东方的甲骨文不同，西方最早的文字是刻在陶片上的。公元2世纪罗马时期的古埃及留下的刻有人们名字的陶片，也是剑桥大学图书馆珍贵的馆藏。这些古老的陶片向人们展示了最古老的民主制度：陶片放逐法。

古腾堡圣经（Gutenberg Bible）是西方第一部《圣经》印刷品。约翰·古腾堡（Johannes Gutenberg）在西方印刷史上的地位就相当于中国的毕昇，他于1454年至1455年间在德国美因茨小镇印刷了180本拉丁文《圣经》。在此次展览中，人们有幸得见这一稀世珍宝。

随着造纸、印刷等技术的发展，人们的交流方式发生着巨大的变化。这种变化最终革命性地从有形变为无形，而这要归功于计算机的发明。此次展览中，人们还可以看到1946年剑桥大学数学实验室制造的全世界第一台电子延迟存储自动计算机（EDSAC）的电路图，正是从这台计算机开始，人类的交流真正踏入了数码时代。

二、进化的历程：从达尔文到DNA

查尔斯·罗伯特·达尔文（C. R. Darwin，1809—1882）是改变世界的伟大人物之一，他与剑桥大学有着千丝万缕的联系。达尔文早年对动物和植物充满兴趣，然而父亲却想让他成为“尊贵的牧师”。1828年，19岁的达尔文被父亲送到剑桥大学攻读神学。在三年的学习期间，达尔文并没有放弃对自然历史的研究，并且结识了剑桥大学当时著名的植物学家亨斯洛和著名地质学家席基威克，接受了基础的植物学和地质学训练。毕业之时，在亨斯洛的推荐下，达尔文有幸参加了英国海军“小猎犬号”军舰环绕世界的科学考察航行，而这次考察正是达尔文伟大的发现之旅的开端。

达尔文不仅在生前受惠于剑桥大学，在去世之后其思想也因剑桥大学后继学者的研究而发扬光大。达尔文身前提出的“泛生论”（Pangenesis）影响并不深远。达尔文去世20年之后，剑桥大学的威廉·贝特森（William Bateson）在达尔文研究的基础上另辟蹊径，创立了遗传学。而在20世纪20年代到30年代，剑桥大学三一学院的遗传学家霍尔丹（J. B. S. Haldane）创立了现代综合论（Modern Synthesis），结合了遗传学和自然选择理论来解释生物进化的历程。

在此次庆典展览中，人们可以看到达尔文在1868年4月绘制的解释人类如何从猿进化而来的灵长类家族树，1859年于伦敦出版的第一版《物种起源》，先驱美术馆（Gallery of Ancestor）收藏的法国难民画家乔治·蒙巴尔（George Montbard）绘制的达尔文水彩漫画（这幅画绘制于《物种起源》刚出版的那一年），达尔文收藏的鸽子标本，20世纪初遗传学研究所使用的鸡头模型，以及剑桥大学丘吉尔学院的遗传学家罗莎琳德·富兰克林（Rosalind Franklin）研究DNA结构时的笔记，等等。

三、站在巨人的肩膀上：引力与宇宙

艾萨克·牛顿（Isaac Newton，1643—1727）是另一位让剑桥大学倍感荣耀的伟大人物。牛顿从18岁开始就在剑桥大学三一学院求学，26岁因其恩师巴罗让贤而荣升教授。可以说，牛顿一生中最伟大的成就都与剑桥大学息息相关。

虽然当时人们普遍相信地球是宇宙的中心，但当年轻的牛顿在剑桥大学学习时就已接触到哥白尼关于日心说的相关理论。1687年牛顿发表了人类科学史上最重要的著作之一《自然哲学的数学原理》，这一著作不仅引发了一场科学革命，也为现代物理学奠定了基础。

牛顿力学虽然能证明宇宙中引力的存在，却很难解释引力是如何形成的，而这一疑惑，却待两百年之后另一位科学巨人爱因斯坦来解释。在爱因斯坦提出相对论后，剑桥大学的科学家们继续着相对论的证明和研究，其中最著名的是斯蒂芬·霍金（Stephen Hawking），他曾在牛津大学和剑桥大学求学，并于1979年担任卢卡斯讲席教授（牛顿曾是第二任卢卡斯讲席教授，霍金是第十七任）。如今，剑桥大学的天文学家和数学家们仍然站在巨人的肩膀上，探索着宇宙的奥秘。

在此次展出中，人们能看到伽利略绘制的用自制天文望远镜观测到的星空图，戈弗雷·内勒（Godfrey Kneller）绘制的牛顿爵士肖像（此画绘于《自然哲学的数学原理》发表后两年），牛顿最初解释万有引力的手稿（这一手稿构成了《自然哲学的数学原理》一书的主要内容之一），1687年在伦敦出版的第一版《自然哲学的数学原理》，第谷《论新星》一书的最早版本，伽利略绘制的星象图，哈雷研究彗星轨道的手稿，以及霍金《时间简史：从大爆炸到黑洞》一书的打印稿等等天体物理学中的重要原始文献。

四、了解我们的身体：解剖学的创立

解剖在西方大学进行实践和研究并形成一门学科，

至少有六百年的历史了。在这一开创性的历程中，最具革命性的当属安德烈·维萨里（Andreas Vesalius）在1543年发表的《人体构造》，此书使得解剖成为医学实践的重要组成部分。剑桥大学很早就注意到了解剖学的重要性，并记录了1564年至1565年间在伦敦的一次公开解剖过程。由于以二维平面记录人体的三维多层结构非常困难，维萨里的后继者们开始制作血管和肌肉的人体模型。今天，在剑桥大学，解剖课采用解剖实践与借助教具相结合的方式进行。

在剑桥大学图书馆的馆藏中，有维萨里1543年在瑞士巴塞尔出版的《人体构造》的最初版本（其中有维萨里绘制的非常精细的人体血管图），莫德林学院（Magdalene College）收藏的英格兰第一次公开解剖的记录（当时的医学学士和博士被要求每人至少参加两次公开解剖），1590年伦敦首批外科医生之一约翰·巴尼斯特（John Banister）捐献的木质人体模型和象牙骨骼模型，以及1716年剑桥大学的第一个解剖学学院解剖课教室的画像等等展示解剖学创建过程的极其珍贵的藏品。

五、信仰的传递：从文字开始

宗教经典的翻译是信仰传递的至关重要步骤，但这有可能是一种危险的行为。威廉·廷代尔（William Tyndale，1494—1536）最先将《新约》翻译成英文，这最终要了他的性命。然而，他的翻译幸存了下来。1611年，剑桥大学的学者和神学家们在廷代尔译本的基础上确定了地位崇高的钦定版《圣经》。在剑桥大学图书馆的展览中，人们有幸可以见到1534年印刷的廷代尔英译《圣经》的修订版，其中83%的内容都被钦定版《圣经》所继承。

信仰的传递不仅仅限于西方的基督教，在东方，佛教经典也被翻译成多国文字。在此次展览中，人们可以看到公元2世纪古埃及《希伯来圣经》的纳西纸草经卷，公元1107年刻印的印度来华僧人法贤（Fa-hsien）的佛经译本（这也是剑桥大学图书馆收藏的最早的印刷经典），公元6世纪对《新约》形成极为重要的圣经版本Codex Zacynthius，以及公元5—6世纪的《新约》伯撒抄本（Codex Bezae）。

六、讲故事的人：人类的历史

在严格记录的历史发展起来之前，人类以讲故事的方式来记录曾经发生过的重大事件和出现过的伟大人物。从最开始的神话传说、寓言故事，到后来的《荷马史诗》、但丁的《神曲》，再到莎士比亚的戏剧和托尔斯泰的小说……人们通过讲故事的方式记录着自己的历史。

今年正值莎士比亚逝世四百周年，剑桥大学不仅举办了莎士比亚学术会议、戏剧节等一系列纪念活动，剑桥大学图书馆还展出了1623年在伦敦出版的《莎士比亚戏剧集》。16世纪印刷的波斯史诗《列王纪》也在展出之列，这部书是由波斯诗人菲尔多西在11世纪写成，是现今世界上由同一个作者所作的最长篇幅的著作，长约6万多联押韵对句。另外，展览中还可见到一些重要文学作品的手稿，例如14—15世纪但丁《神曲》的最初版本，以及现代著名女权主义作家玛格丽特·德拉布尔（Margaret Drabble）出版于1991年的小说《象牙门》的手稿。德拉布尔曾在剑桥大学纽纳姆学院（Newnham College）求学，是剑桥大学引以为豪的当代作家。

“问渠那得清如许？为有源头活水来。”学术的繁荣，亦如国家的繁荣，正是在先贤们理智之光的引领之下，后来者才得以生机勃勃，繁荣兴旺。

“大学者，非大楼之谓也，乃大师之谓也。”疾行在剑桥大学的风雨之中，抬头亦可见天边的彩霞，而我甘愿埋头于无边的知识海洋，循着先贤们的思想之路前行。

2016年10月，剑桥

哲学中的女性

剑桥大学女哲学家社团

“哲学界的女性代表严重不足。通过各种谈话、研讨会和工作坊，我们为女性哲学家在剑桥大学以及更广阔领域所做出的哲学学术工作提供一个论坛，以促进交流并庆贺她们的成果。”这是剑桥大学女哲学家社团（Women in Philosophy）的宣言。2010年，剑桥大学哲学系的三位女性毕业生有感于哲学研究中女性所处的尴尬局面（例如，某些哲学学术会议时常只有一两位女性参加），以及女性代表的严重不足，创建了剑桥大学女哲学家社团，其目的就是要为哲学研究中的女性研究者创建一个相互鼓励、相互支持以及展示成果的平台。

剑桥大学每学年有三个学期，女哲学家社团每学期都会举办三次正规的学术活动，向全校师生开放。这些学术活动可能是某位女哲学研究者的报告，或者是大家对于某一学术问题的讨论，或者是请到著名哲学家来做女性相关的主题演讲。每逢这样的学术活动，社团的组织者都会带来自制的蛋糕和茶点与大家分享，在轻松自由的气氛中讨论存在、自由、正义、美德等等这些传统意义上由男性主导的哲学主题。实际上，许多男性研究者也被这种自由平和的氛围所吸引，我参加了几次女哲学家社团的学术活动，都见到了男性研究者的身影。对哲学感兴趣的人们，不论男女，都参与到亲切的谈话中，品尝美味的茶点，分享对世界之本质的看法，每个人脸上都浮现出会心的微笑。

与此同时，剑桥大学女哲学家社团还希望能够通过相关的社会调查推动学术制度的改革。2011年剑桥大学女哲学家社团参与了英国女性哲学协会（The UK Society for Women in Philosophy）主导的“英国哲学研究中的女性”调查。该调查报告显示，相比于其他学科，哲学研究中女性的比例严重偏低。尤其是在硕士阶段之后，包括博士、博士后、讲师、教授……在哲学研究越靠后的阶段，女性的比例越低（本科阶段女性比例为46%，这一比例在硕士和博士阶段就急剧下滑，而以哲学为职业的女性只占19%）。该报告认为，女性研究者在哲学研究中的代表性严重不足，依据该报告，英国女性哲学协会向政府建言，希望能推动相关政策的改革。

除了学术活动和调查研究之外，剑桥大学女哲学家社团还尽力协助女性哲学研究者解决一些具体的困难。例如，协助女性研究者兼顾家庭事务和学术研究，为女性能够有更多的时间和精力投入学术研究找到切实可行的办法。在女哲学家社团系列活动的推动之下，剑桥大学的女性研究者相互鼓励和支持，在一定程度上提升了女性在哲学研究中的地位和代表性。

女性在剑桥大学获得与男性平等的地位，经历了艰苦而漫长的抗争。在一个相当长的历史时期，剑桥大学与其他大学一样，是不招收女性的。直到1869年格顿学院的建立和1871年纽纳姆学院的建立，女性才得以到剑桥大学读书。在此之后，其他学院在各种压力之下，开始招收女性。然而，即使到了20世纪中期，女性在剑桥大学的处境仍然十分艰难，她们不能与男士们一起出席讲座，不能在开放教室进行科学实验，不能参加考试，甚至被拒绝授予学位。这些情况直到近五十年才得到改善。女性受教育尚且如此艰难，女性学哲学以及从事哲学研究，就更加艰难了。少数进入哲学界的女性都是通过私人教师学习哲学，或者是自学成才的贵族。只有通过家族的关系，少数对哲学感兴趣的贵族女性才能与当时著名的男性哲学家进行哲学讨论。

然而，在与歧视和偏见的不断斗争中，剑桥大学涌现出了一批优秀的女哲学家。这其中包括：协助创办哲学期刊《分析》（*Analysis*）并担任该期刊编辑的女哲学家玛格丽特·麦当娜（Margaret MacDonald），曾任曼彻斯特大学哲学系主任以及亚里士多德协会主席的著名哲学家桃乐茜·艾米特（Dorothy Emmet），剑桥语言研究中心的创立者玛格丽特·马斯特曼·布雷斯维特（Margaret Masterman Braithwaite），维特根斯坦的学生、将维特根斯坦学说引入英国的著名语言哲学家伊丽莎白·安斯克姆（G. E. M. Anscombe），著名认知理论专家、萨塞克斯大学认知与计算机中心的创立者玛格丽特·伯顿（Margaret Boden），罗尔斯的学生、著名政治哲学家、名誉勋位获得者欧若拉·奥尼尔（Onora O' Neill），圣约翰学院的第一任女院长、心灵哲学家简·赫尔（Jane Heal），等等。

女性在哲学学术界的劣势地位，并不是剑桥大学独有的现象。在东方，在中国，女性在哲学界也同样成为男士们的笑柄。最能体现男性对哲学女研究者态度的，就是周国平先生的名言“研究哲学，对女性和哲学来说都是一种伤害”。周先生的慨叹似乎透着对女性的怜悯，然而在我看来，这句话本身才是对女性和哲学最大的伤害。暂且不提对女性的伤害，如果没有女研究者的贡献，作为人类对事物的根本性质之思考的哲学学术，将损失一半的丰富性和多样性，而没有了学术生态的多样性，哲学学术的发展也将日渐凋零。所以说，女性在哲学研究中的劣势地位，不仅仅是事关女性的紧要问题，也是事关整个哲学学术的紧要问题。

女性在哲学学术界的劣势地位不仅是“不利”的，同时也是“不义”的。一个正义的社会应该是保证基本的机会平等的社会。这其中包括：受教育机会的平等、谋求职位机会的平等、晋升机会的平等……如果女性在哲学的学习和研究中与男性同样优秀（暂且不提判断孰优孰劣的标准大多都是由男性哲学家确定的），女性就应与男性有同样的获取职位与晋升的机会。然而，现实的情况却是，各高校哲学系的女性研究者少之又少，即使有也很难得到晋升。这其中不排除女性为家庭所累的问题，但更主要的还是制度和观念的问题。

当然，任何趋向平等的转变都不可能一蹴而就；但另一方面，任何转变也都不可能自动达成。如果那些遭受不平等待遇的群体一味地忍气吞声，不平等的程度只会越来越深。因此，为了一个更加公正平等的世界，为了一个更加多样化的哲学学术生态，哲学界的女性们应携起手来，相互支持，不惧非议，坚毅前行。

自由的霍金

人，时常困惑于自己的意志是不是自由的。千百年来，许多思想家为此皓首穷经、奋笔疾书。然而，先哲们的著作并没能消除人们心中的疑虑：在我的肉体之外，还有一个精神的我存在吗？如果有一天，我的这张臭皮囊停止工作了，我还在吗？我的灵魂会飘向天堂吗？我的思想、我的意志、我的欢喜和悲伤，需要一个物质性的载体吗？而我是否会被这个物质性的载体所决定？当我的躯体没有继续工作的能量了，我就自然地想要吃东西，这不是明明白白地向我证实：我的意志受我身体的左右，我头脑里的想法不过是我的身体向我发出的命令，而我的身体又被主宰万物的自然规律所规定？所以，我不过是被大自然所决定的一个躯体，就像一片树叶、一块石头，毫无尊严和灵性可言。那么，我的自由又在哪里？难道“万物之灵”

和“意志自由”都不过是痴人说梦的幻象？

关于意志自由的理论探索是令人失望的。然而，生活中的例子却往往给我们以新的启发——霍金的一生正是这样。

第一次了解霍金是从他的畅销书《时间简史》开始的。在清华上学期间，有一天，我突然发现身边的同学都在读一本讲述宇宙历史的理论物理书。我出于好奇也买了一本，但却看得似懂非懂。当时，我觉得这个作者并没有什么了不起，不过是因为自己的人生经历吸引了读者的眼球，有哗众取宠之嫌。

直到两年前，我有机会到剑桥大学访学。为了更好地了解剑桥的历史和文化，临行前我看了关于霍金的纪录电影《万物理论》。电影真实地记录了霍金多舛的命运和丰富的生活经历。霍金在面对病魔、面对人生的各种困境时所表现出的乐观以及无拘无束的想象力，给我留下了极深的印象。

一年之后，我有了与霍金的第三次相遇。这也是一次真正意义上的、面对面的相遇。2016年底，圣诞节前夜，我和母亲还有六岁的儿子一起到剑桥市中心的商场里购物。正当我们买好东西从商场出来时，迎面便看见一位四五十岁的中年女性推着霍金走了过来。我情不自禁地叫起来："啊！霍金！"

其实，我曾不止一次想象过与霍金的偶遇。因为，每一个来到剑桥的人，不论是游客还是学者，不论是学生还是教授，都有希望偶遇霍金。霍金就住在剑桥，他在这里读书，在这里工作，在这里住了很多年，而剑桥并不大，所以每个人都期望见到他。有人甚至会去他工作的学院附近找寻他的踪迹。人们也经常会听说，谁、又在哪里遇到了霍金。霍金已经成为剑桥的标志之一，见到他就像一张所有来剑桥的人都有希望中奖的彩票。

对我来说，中奖的时刻来得太突然，我根本没有做好准备。见到霍金的那一刻，我突然感到万分懊悔：我还没来得及给我六岁的孩子讲霍金的故事，以至于他看见这样一个"奇怪"的人就吵着要走；我手里提着各种各样的商品，根本无法掏出手机拍照；我母亲突然反应过来是霍金，追着他的轮椅车跑，却听不懂那位推车的妇女在说什么；我还没想好要问霍金什么问题，霍金就已经快要消失在我的视线中……慌乱之中，我只记得霍金的嘴角露出浅浅的、友善的微笑……最后，我朝着他远去的背影喊了一句"Merry Christmas！"。

在那次偶遇之后，我似乎也成了一个霍金迷。我开始思考人们喜欢他的原因，开始体会他被禁锢在轮椅上的内心感受，开始感叹生命无限的可能性，甚至开始给我的孩子讲“黑洞”，带他去天文系听讲座、看星星。

而今天，这张剑桥的“彩票”永远地离开了我们。这一消息在世界各地掀起了人们怀念的热潮，我不禁又一次产生这样的疑问：为什么？人们为什么如此热捧这位物理学家？我回想起一年多以前与他偶遇时，他嘴角泛起的笑容，我似乎突然明白：那是他的心灵在微笑。

渐冻症一点点、一点点地吞噬了他所有的行动自由，但他的心灵却始终没有受到丝毫束缚。他仰望星空，思考宇宙的奥秘；他到访过中国，曾登上长城；他甚至乘坐喷气式飞机，造访外太空。他是那么脆弱、无助，又是那么敢想敢做、无拘无束。他令人怜惜的躯体并没有限制他对真理和自由的追求。他的肉体被禁锢在方寸之内，而心灵却在宇宙中翱翔。

我不禁想起斯多葛学派的奴隶哲学家爱比克泰德对自由的论述：“宙斯给了我自由，你能把我怎么样？你要锁住我吗？要砍掉我的腿？要把我投入牢狱或者流放他乡？你请随便吧，这是在你权能范围之内的事；但是我的意志，是连宙斯都不能征服的。我必须死，是的，但我必须哀号呻吟着死去吗？谁能阻止我心如止水从容赴死？”（爱比克泰德《哲学谈话录》）霍金的一生不正是在向人们昭示：人类拥有自由，人不是被物理定律决定的行尸走肉，不是被权力关系控制的愚昧臣民，也不是被人情世故所捆绑的无奈个体；在任何境况下，只要有那么一点点的执着、一点点的挣扎、一点点的坚持，就能做点什么，就能为自己打开一扇窗，就能放飞自由的心灵？

在柏拉图笔下，苏格拉底是一个对死亡毫无畏惧的人。因为苏格拉底认为，死亡只不过是灵魂从身体中解脱出来，而这种解脱，使得灵魂不再受到身体的束缚，不再受到任何感官、感觉的干扰。由此，死亡使得灵魂获得了永久的自由，也让人更接近真理。（柏拉图《斐多篇》）我希望这是真的：现在，霍金的灵魂终于可以摆脱那冻僵了的身体，无拘无束地翱翔在浩瀚的宇宙中！

2018年3月14日

剑桥淘书记

对于人文学者来说，书，尤其是经典著作，就是自己保住饭碗的“家伙事”。年轻的时候，因为居无定所，所以总是克制着自己囤书的欲望。看书，只能泡图书馆；直到有了自己的“小窝”，才开始把那些视若珍宝的书一点一点地搬回来，留着慢慢看。

在剑桥访学的一年，对于我这个研究西方思想的学者来说，是一个绝佳的囤书机会。刚到剑桥没几天，在拥有了交通工具——自行车——之后，我就迫不及待地开始逛书店。剑桥大学出版社书店是众多学者寻书探宝的第一站。剑桥大学在人文、科技、自然、历史等各方面都成果卓著，而剑桥大学出版社书店正是集中展示这些学术成果的地方。

我的研究领域是西方政治思想，剑桥大学是西方政治思想史研究的重镇。在大学出版社的书店里，你能看到全套的《剑桥政治思想史文本》。从柏拉图、亚里士多德、西塞罗、马基雅维利，到霍布斯、洛克、卢梭、康德、密尔……西方政治思想史上的经典作品一应俱全，一共76本。这是西方政治思想最权威的研究者们编撰的最重要的经典文本。我相信，任何一个西方政治思想的研究者都会将这套书视若珍宝、爱不释手。当然，这套书标价不菲，每本都是四五十镑。我去的时候，只有少数几本在半价出售。我到书店逛过好多次，最终也只买了一本洛克的《政府论两篇》。不过中国学者不用惋惜，因为，中国政法大学出版社出了这套书的英文影印版，在许多大学的图书馆里都能借到。

除了原典著作，在剑桥大学出版社的书店里还能看到一套极为重要的研究丛书："剑桥政治思想史"系列。这套书一共六卷：《希腊罗马政治思想史》《中世纪政治思想史》《1450—1770政治思想史》《十八世纪政治思想史》《十九世纪政治思想史》《二十世纪政治思想史》，是世界顶级学者的成果汇编。有了这套书，就相当于拥有了西方政治思想史最重要的当代研究成果。我去书店阅读了好几次，最终狠心将这套沉重而昂贵的书买下。这让我立刻增添了学术研究的安全感，似乎所有重要的研究资料已尽入囊中。让中国读者高兴的是，商务印书馆等出版社已着手翻译出版这套丛书，目前能买到的大概有《剑桥希腊罗马政治思想史》《剑桥中世纪政治思想史》《剑桥十八世纪政治思想史》《剑桥二十世纪政治思想史》这几本。

我母亲是研究历史的，也非常爱逛书店。她去大学出版社书店的次数估计远远超过我。她时常在那里看书，还曾交到朋友。在离开剑桥前，她买下了七卷本的《剑桥世界历史》一套书，大概又萌发了翻译巨著的宏愿。母亲那一代人，大都嗜书如命。大概是因为他们年轻的时候想读书而没有书读，所以，一有了读书的机会，就会紧紧地抓住，巴不得把自己喜欢的书都搬回家。我父亲也曾跟我说起他年轻时读书的趣事。那时候，要是好不容易搞到一本书，会舍不得马上读完，努力克制自己，一点点地翻着看。还有一次，他们几个知青苦于没有书读，鼓起勇气去附近大学的图书馆里偷书。从窗户跳进图书馆后，我父亲就一直听到有秒表的咔咔声，到处找也找不到声音从哪里发出来。同去的知青说并没有听到什么咔咔声，我父亲才突然反应过来，原来是自己的心跳声。这些经历都是我们这一辈人很难想象的。

在距离剑桥大学出版社书店一两条街的地方，大名鼎鼎的三一学院对面，开着一家拥有一百多年历史的综合性书店——赫费尔（Heffers）。书店一层摆放着各种吸引人的畅销书，《哈利·波特》就有好几个版本，还有哈利·波特的杯子、剑、围巾等等各种纪念品。我有时候带着孩子过去，他总是要在这里看上好半天。在书店的三层，还有一个专门出售儿童读物的区域，摆满了各种绘本、琳琅满目的学习用具、益智玩具，到了周末会有店员讲故事的公益活动；舒适合用的儿童沙发、小桌子、画笔、五颜六色的彩纸，营造出孩子们最喜欢的阅读空间。

我最感兴趣的部分是这家书店的地下一层，各种学术书分门别类，哲学和政治学领域的最新著作都能买到。更令人兴奋的是，在专业书籍的旁边有好几架子二手图书，大多是各领域重要的原典或研究性著作。哲学、政治学、心理学、社会学、传记……统统都有，而价格大多是原价的三折或五折。于是，我便经常独自到这里来淘书，收获的宝贝有：以赛亚·伯林《自由四论》的第一版、出自伊格纳季耶夫之手的伯林传记，以及“企鹅经典”系列中柏拉图的《理想国》、卢梭的《忏悔录》、密尔的《论自由》和自传、尼采的《道德的谱系》和《善恶的彼岸》、黑尔的《道德缺口》、莫尔的《乌托邦》、伯纳德·威廉姆斯的《道德》，还有“鹈鹕丛书”中的《斯宾诺莎》和《英国议会》，等等。店员看我经常来翻旧书，还主动给我减价。有一次见我拿的书太多，就送了我一个印有“Heffers”字样的大布袋子。回北京之后，我经常背着这个轻便的布袋子去学校，感觉它有一种沉甸甸的历史感。

其实在剑桥，淘旧书的地方还有很多。离市中心不远的密尔路（Mill Road）是移民聚居区。这里有很多慈善店，出售各种旧货。在皇家英国退伍军人协会（Royal British Legion）开办的慈善店里，有许多二手的儿童读物。我一有空就去那里帮孩子淘书。各式各样的绘本读物，涵盖科学、人文等领域，浅显易懂、图片精美，简直就是孩子成长的知识宝库。有几次我们还买到了制作精巧的立体书，有一本是介绍乐器的，每翻开一页都会出现一些乐器的立体模型，有几件乐器——鼓、小提琴等等——还能发出响声，最后一页还有整个交响乐队的模型和指挥棒。这样的音乐启蒙书真是让人大开眼界，领着孩子进入音乐之门。更令人高兴的是，这里的儿童书卖得出奇地便宜，大多10便士一本，合人民币大概8毛钱。我简直像挖到了宝藏一样，每次去都会满载而归。

密尔路上还有一家专门出售二手书的慈善店，似乎属于“绿色和平”组织。我在这里也淘到了许多专业书，不仅有西方思想的原典著作，还有许多经典的课本，例如牛津大学的伦理学课本、经济伦理学课本、政治哲学课本，还有《元政治学》《哲学家的工具》等等重要书籍。书店里人不多，时常只有我一个人，店主看我常来买书，对中国人大加赞赏，把我当作好学习的榜样。

另外，剑桥市中心的图书馆也经常处理旧书。其中有许多编辑得很不错的百科全书，最全的要数关于英国历史的书。我在那里给孩子买了有关威廉征服、都铎王朝、“二战”时期英国的抗争、英格兰与苏格兰的战争等等历史类读物，还有关于人类历史的图书，都非常适合孩子阅读。

关于在剑桥淘书，我们一家还有过一次“奇遇”。一个周末，朋友开车带我们去剑桥郊区的安格尔西修道院（Anglesey Abbey）游览。这个修道院很大，有宽广的草坪、茂密的森林，还有美丽的花园和雕梁画栋的宫殿。我们意外地在花园的一角发现了一个非常棒的旧书店。我母亲在不到10平方米的旧书店里翻到了多卷本《哈姆林彩图世界史》，全书有十几本，从古埃及一直讲到20世纪。还有另外一套世界各大帝国历史的图片版，也有好几本。这两套书中都有许多精美的史料图片：人类始祖在岩洞里画的壁画、古埃及的纸草画、俄罗斯帝国宫殿中精美绝伦的绘画，还有许多珍贵出土文物的照片。每本都只售1英镑。进入这个书店之后，我母亲立刻改变了游玩的计划，埋头在书店里选书，而同去的朋友也变身搬书匠和运货工，帮我们把书从书店搬出来，又开着车帮我们把宝贝运回家。

淘书充满了乐趣，时时有挖到宝藏的惊喜。然而，这些沉重的宝贝却让我们在伦敦的机场着实辛苦了一番。虽然许多书都已经在回北京前快递回国，但我们仍然不得不拖着沉重的行李、带着孩子从伦敦登机。伦敦的机场严格执行行李超重处罚政策，面对超重的行李，我们只有两个选择：要么交罚金，要么舍弃一些宝贝。打开行李箱，两样最重的东西就是书和化石。书大多是我的宝贝，而化石则是孩子辛苦和梦想的结晶。无奈之下，我们只得交了重重的罚金。回到北京，便把这些“价格不菲”的宝贝归置到书架上。我时常独自拿出几本来翻翻，有时还勾勾画画，一种满满的归属感洋溢心间。

书与读书人，大概是有前世因缘的一对儿。我有一个研究康德美学的师妹，一次不小心弄丢了自己八年来记满笔记的《判断力批判》，急得到处张贴寻书启事，就像丢失了亲人一样。每年给学生们讲解罗尔斯的《正义论》，我虽然早就买了新的版本，却还是喜欢拿上十年前买的那本：字里行间爬满了层层叠叠的笔记和批注，浸透着年年岁岁的“学”与“问”。

我的博士后导师韩水法先生曾在一篇题为《悠长的书香》的散文里谈及在德国淘书的经历，他这样写道：“食堂的对面就是大学的图书馆，你有足够的力气，就可以搬几十本书回去读。那么人们为何要与书贩饶半天价钱购一本旧书呢？为了拥有几缕属于自己的书香。”

其实，在这个电子技术飞速发展、人人争相互联的时代，纸质书，似乎早已成了一种多余。而像我这样耗巨资、费大力气往家里搬书的学者，怎一个“迂腐”了得！然而，书籍虽说是人类精神的财富，却也需要物质的载体。就像美妙的歌声最好是从曼妙的肢体里传出来。当你触摸着或雪白或斑驳的书页，当你沉浸在悠悠的书香之中，当你怀揣着自己最钟爱的作家的最重要作品，当你安心地在书页间勾勾点点，或许那时，你才真正做了一回读书人！

旧衣服、DIY与慈善

在我印象中，卖旧衣服的市场都是不合法的黑市。尤其是我的家乡贵阳，在闹市中的某个隐秘之处，一排排低矮的棚子下面，大妈大婶们在昏暗的灯光下挑选着来自世界各地的旧衣服、旧鞋帽，压低声音和店主砍价，脸上带着掩饰不住的笑容，满载而归。然而，这样的印象在我到达英国后完全改变了。在英国，旧衣服是正大光明地出售的，衣服在合法的店面里干干净净地挂出来，明码标价、任人挑选；顾客脸上也没有慌张的神情，或是一丁点儿的不好意思。商店里除了旧衣服，还有旧书、旧CD、旧玩具、旧家具……这些旧货一般都很便宜，往往是以低于原价50%以上的价格出售；商店的店员大多是退休的老人。原来，这一切都与人们的爱心相关——是慈善，而这些出售旧货的商店也被称为慈善店。

慈善店只是英国慈善业链条上的一个环节。简单来说，英国与旧衣物相关的慈善业链条是这样的：首先，人们自愿捐赠旧衣物。人们把不需要的旧衣物放在小区、市中心或超市附近的衣物银行（clothing bank）里（这是一个边长1.6米、重约35千克的钢制立方体大箱子，具有防盗功能），或者打电话约慈善机构的人员上门收取旧衣物。所捐的旧衣物要求干净、无明显破损，可以再次穿戴。第二，慈善机构的人员整理衣物，对衣物进行分类和标价。第三，旧衣物被送到该慈善机构的慈善店里以较低的价格出售。慈善店的盈利一方面用于维持店面的运营，另一方面用于资助相应的需要救助的对象。另外，慈善店的大部分员工都是志愿者，并不领取工资，或只领取很低的工资。

也许人类并不缺乏爱心，只是不一定能找到有效地相互帮助的机制。慈善业的健康运转不可能完全依靠行政命令下的被动捐助，也不可能完全放手给市场、变成资本运作。真正可行的方式是在健全慈善业规则的基础上，让市场充分发挥作用，使资金和物品从捐助者手里流动到真正需要它们的人那里去。

英国政府于1960年颁布的《慈善法》整合了之前

颁布的《警察工厂法》和《上门回收法》，为慈善业建立了统一的管理体系。依据该法案，获得经营许可权的慈善机构都可从事衣物回收工作。目前英国大约有43家慈善机构，涵盖医疗健康、青少年、海外援助、动物与环境、海洋保护等方面。在我访学的剑桥郡，距离市中心不远的格拉夫顿购物中心就聚集着红十字会（The Red Cross）、乐施会（Oxfam）等十几个慈善机构的慈善店。我刚到剑桥时，亟须购置一些日用品，所以也时常光顾慈善店，成为英国慈善业的受益者。在一种健康有效的互助机制中，人们的良好意愿会自发促进良性市场的建立，使资源和爱心得到最好的配置。在英国与旧衣物相关的慈善业链条中，生活较富裕的人通过捐赠自己不再需要的衣物来帮助他人，收入不高的人可以在慈善店买到价廉物美的衣物，而那些需要救助的人又可以从出售旧衣物的利润中获得帮助；同时，旧衣物的再次出售和利用还最大程度地节约了资源和能源，有助于环境保护。

由此，我想到一度在国内闹得沸沸扬扬的“罗一笑事件”，以及我家那一大柜子“送不出去”的旧衣服。曾几何时，当国家有难、人民有灾时，我们已不再能捐赠旧衣物了，而是要直接捐钱。也许各类需要救助的人确实不需要旧衣物，而是需要用钱去购买其他东西，但进行捐助的人拥有并愿意捐出的却是旧衣物，同时有一些低收入阶层的人需要购买廉价的衣物。那此时，作为进行统筹规划的主体——政府，就应该建立并维护一种机制，使这三者能够各尽所能、各取所需。每当单位里号召捐钱时，我都会感叹自己微薄的收入，不过为了“面子”，为了在单位里不被人笑话，钱还是一定要捐的，即使并不情愿。而这种行政命令下的慈善，却不能长久有效。世界慈善援助基金会发布的“2015年全球慷慨指数排名”的结果显示，在接受调查的145个国家中，中国排名倒数第二（第144位）。我们不禁要问：是什么使得中国人的爱心变得如此“谨小慎微”？

英国的慈善精神不仅体现在旧衣物的再利用上，还深入地渗透在教育理念之中。可以说，在英国，献爱心是从娃娃开始的。小学、中学、大学里经常举行各种义卖和义演。义卖的东西除了旧衣物外，还有一类重要的商品，那就是DIY的各种东西。孩子的妈妈们会义卖自己做的蛋糕和姜饼，孩子们会义卖自己做的各种手工作品，而义卖的所有钱都会捐给相关的慈善机构。在这样的义卖活动中，即使你什么都不会做，那也没关系，因为你还可以做志愿者，帮着收钱和招呼客人，参与到做慈善的队伍中来。而所谓的义演，也绝非什么“高大上”的表演，不过是学校里的各种课外俱乐部的表演。有交响乐队的演奏，也有合唱队的合唱，逢年过节，早上上课之前或刚放学的时候，在操场上演出。我看过一次小学交响乐队的义演：

小学交响乐队慈善义演（英国剑桥）

临近圣诞，寒风之中，孩子们演奏着经典的圣诞乐曲，为生活在战争中的孩子们募捐，演奏者和观众都很投入，非常令人感动。

另外，DIY义卖也经常在各种民间社团中进行，我参加过一次希腊移民组织的义卖，在教堂宽敞的大厅里，摆放着星光闪耀的圣诞树，义卖的商品都很精致：老太太们用毛线编织的围巾、手套，还有各种各样的玩偶，小巧而美妙；具有希腊风味的自制甜点和美酒，散发着诱人的香气；彩色玻璃穿成的项链和手链，流光溢彩……在DIY义卖活动中，出售者展示了自己的才华和特长，购买者以便宜的价格买到了自己喜欢的物品；更重要的是，需要帮助的人也得到了相应的资金。在全民慈善、全民受益的互助机制中，人们感受到真正的爱和温暖。

路人的微笑

刚来剑桥时，走在小路上经常会突然觉得恐慌。剑桥的森林覆盖面积很大，各个学院之间古木参天、杂草丛生，由许多羊肠小道相连。走在繁茂的植物之间，很难见到行人，偶尔有自行车，也是一晃而过。

我带着孩子，孤零零地走在小路上，时常害怕会遇到土匪，不由得加快脚步。儿时的恐惧也涌上心头：记得小时候家附近有一片树林，有时候我和妈妈从树林里的小路经过，妈妈手里都要拿一把尖刀，才敢往前走。然而在剑桥，我也没有尖刀在手，所以心里就更加恐惧，既想遇到一两个路人，又害怕遇到……真是矛盾重重。尤其是在狭窄的林间小道上，每当陌生人迎面走来时，我的心都要提到嗓子眼了，准备抱着孩子逃跑。然而，这时陌生人却出人意料地朝我们报以甜甜的微笑，或是有礼貌地说一声“good morning”。

看着对方的微笑，听着亲切的问候，我那像被绳子勒着似的心一下子放松了，才有了慢下脚步享受林中小路的乐趣。

在剑桥待了几个月后，我的恐惧感就渐渐平复了。在林中小路上遇到陌生人时，我也开始向对方报以微笑或问候。或许，这就是“以牙还牙，以眼还眼”应有的诠释：当人们无法知道对方内心的动机时，总是会心存芥蒂，甚至是恐惧和防备；然而，一旦确认对方的动机是善良的，就会报以同样的善意和关爱。人心总是天然地与正义的观念相一致，给予每个人应该得到的部分——以心换心——而恶意只能换来仇恨和报复。

这不由得让我想到近几年来中国人不太敢做好事的现象：老人在路上摔倒了，没人敢扶起。也许，我们并不能就此下结论说中国人的道德沦丧了，更可能的原因是人们丧失了对对方动机的基本判断。经济的发展、社会的变迁，这一切在几十年中发生。在中国社会急速的转型中，旧的社会规范被打破，而新的社会规范尚待建立。新旧交替中，人们在感到眩晕的同时，对于自己应该做一个什么样的人感到困惑，而对于一个路人会是什么样的人，就更加困惑，更加警觉。

一种建立在善意和关爱基础上的社会秩序让人们放松和快乐，而一种建立在恐惧和暴力基础上的社会秩序只会让人感到紧张和害怕。毋庸置疑，每个人都希望面带微笑、放松心情地生活，而不是手里藏着尖刀，随时准备反击或逃跑。后者就像霍布斯所构想的自然状态，在那里所谓的自由只能是杀人或者被杀的自由。由此，“路人的微笑”变得非常重要，它与人们报以亲戚或朋友的微笑不同。“路人的微笑”是对于一个素不相识的普通社会成员的信任和友好，这标志着人们对整个社会秩序的信任和尊重。维系这种信任和尊重的并不是任何一种私人关系，而是全体社会成员的一种公共认同。

与恐惧一样，微笑也会在人与人之间传递，并最终构成我们生活的世界。“路人的微笑”既是自己心存善意的宣示，也是他人放下武器、报以善行的开始。然而，谁有勇气做那个首先向路人报以微笑的人呢？谁敢于在所有人手里都握着尖刀的时候，扬起善意的笑容？在相互缺乏信任的社会，又有谁有勇气去扶起摔倒的老人呢，即使知道也许这个老人只是假装摔倒？也许，这是我们每个人都应该向自己提出的问题。

夫复何求

不工作的时候，我最喜欢看着儿子画画。他脑子里似乎充满了各种形象和情节，时而风平浪静，时而翻江倒海。画着画着，还会手舞足蹈地表演起来，甚至搞得气喘吁吁，兴奋不已。然而，我时常也有些许担忧：别的孩子都在学什么啊？乐器？数学？逻辑？这孩子画画又不按常理，什么素描、水彩技巧，都没有提高！这样画下去能有前途吗？学画画的好找工作吗？都什么样的工作啊？……就像每一个平常的妈妈一样，各种焦虑不断地涌向心头。然而，在一次欣赏了剑桥街头音乐家的表演之后，我心中的疑虑都释然了。

那是初春的一天，乍暖还寒。我和儿子在市中心的图书馆还了书出来，便听到悠扬的琴声。我们在市场的一角驻足观看，是一位小提琴手，正专注地演奏着。那是一位衣着单薄的青年男子，脚边放着一些设备。通过这些音响设备，他将自己的琴声录下来作为背景音乐，然后再与自己的琴声合奏。如此往复，一个人竟能演奏出一个小乐队的音响效果。我们被如此有趣的演奏打动，更被那美妙的音乐吸引，站在寒风中听了许久。演奏的年轻人几乎全程闭着双眼，入神地拉着提琴，努力做到每一个音符的精准。在他跟前照例放着一个帽子，里面扔着听众打赏的硬币。帽子旁边放着演奏者自己制作的CD，CD下面压着10英镑、5英镑的纸币，显然是买CD的人放在那的。寒风吹来，一张纸币被卷到了半空中，倏忽就不见了踪影。然而，那演奏者却浑然不觉，驻足聆听的人们似乎也并未察觉。

回家的路上，我们似乎还沉醉在美妙的音乐中，心情舒畅。儿子悠悠地发问："妈妈，那人怎么不去追那张飞走的钱啊？"我想了想，回答说："他的音乐太美了，可能他已经不在乎赚不赚钱了吧。"

后来，我又多次回想起那天的情景，并且更加坚定了自己的想法：是的，那位努力做好每一个音符的街头艺术家，已经不在乎自己的音乐能不能赚钱了。他在自己创造的音乐中得到了极大的满足：节奏、音符、旋律的跌宕起伏，为他的生命注入了新鲜的活力，

剑桥街头小提琴手

他的生活因之而变得精彩且与众不同。金钱、名誉，甚至听众的捧场，对他来说都是第二位的了，音乐和他的生命融合在一起，美就是对他最好的回报。

北岛有两句诗，曾风靡一时：卑鄙是卑鄙者的通行证，高尚是高尚者的墓志铭。在我看来，这两句诗太过悲观和消极。其实，同样的逻辑还可以有更积极的表达：卑鄙是对卑鄙者的惩罚，高尚是对高尚者的奖赏。人们按照自己的意志，做自己真正想做的事情，即使得不到外界的承认，也已经得到了最好的回报。因为，只有在做自己真正想做的事情、成为自己想要成为的人的过程中，人才能找到自我、实现自我，使自己的生命变得有意义。

正像那位在街头演奏的音乐家，音乐对他已是最大的回报。那些外在于艺术、外在于其生命意义的东西，对于他来说是可有可无的——只要能维持基本的生活，赚得多一点少一点又有什么要紧呢？在伦理层面，道理也是如此：施舍者并非为了获得褒奖而施舍，见义勇为者并非为了获得受助者家人的感谢而救助，彰行正义者并非为了弱者的感恩而主持公道——在行善的过程中，善行本身就是对高尚者最恰当的回报。

更进一步，在友谊和恋爱中，我们也能体悟同样的道理。对于真正的朋友和真正的爱人，我们是不会计较得失的。我所爱的人能给我带来什么回报？这样的问题是荒谬的，因为，真爱本身就是对爱者和被爱者最好的回报。

子曰："知之者不如好之者，好之者不如乐之者。"学习是人生的开始，这其中既包括学知识，也包括学做人。如果人在一生中能够找到自己"所乐之事""所乐之道""所乐之人"，那么，何不安心地享受（enjoy）这一切？至于能不能因这些"事"、这些"道"、这些"人"而出名获利，也许并没有那么重要。

倘若，我们能在热爱的事业中表达自我，在自己选择的人生道路上实现自我，与自己所爱的人一起重塑自我……人生如此，夫复何求？

诗人，无家可归的人生

中文词语时常暗藏着隐喻，例如，在人世间的各种角色中，以文字和思想为职业的人可以是历史学家、政治学家、经济学家、社会学家、人类学家、文学家……甚至可能是思想家或作家，这些词语都以“家”结尾。然而，同样以文字和思想为职业的“诗人”却并不以“家”结尾。这似乎暗示着“诗人”虽然同样以思想和文字为职业，但却是一种完全不同的人生，一种居无定所的“无家可归”的人生。

我们先来看看这个“家”字，宝盖头下面一个“猪”。虽说古往今来的文人墨客大多会感叹，家不应该只是一处居所、一堆家具，或者再加上一只家畜；然而，这些恰恰是家的原初含义。家，不过就是一个遮风避雨之处，再加上一点点财产，这足以让几个有着亲密血缘关系的人在吵闹和欢笑之间相互慰藉、安身立命。

从中文词语的构成来看，大部分人文工作者都处于一种“在家”的状态，这很容易理解：只有先安身立命，解决了温饱和安全等等基本需求，人们才有可能静下心来，腾出脑子探索知识和思想，甚至是创造知识和思想。那么“诗人”有什么不同呢？这个词为什么不以“家”结尾呢？这是否暗示着诗人没有家，是一种居无定所的存在？

诗人是这样一种奇特的存在：他的人生本身就是他的作品。读者从来都不会被虚假的文字所打动，真正的诗作必然都是诗人心里最真切的声音。对于诗人来说，诗作就是他的感受，这些真实的感受则构成了他真实的人生。所以，与其他人文工作者不同，诗人不需要腾出脑子来思考和创作，他甚至不需要用脑子来思考，或者说，诗人一思考就无法创作了。打个比方，平常人看见的黑夜是黑色的，而诗人看见的黑夜却“比黑色还黑”。但如果我们用脑子去思考“比黑色还黑”到底是什么意思，那就无法再读诗了。对于诗人来说，创作是他的人生借着他的笔、他的口在表达。“诗人”并非“用身体写作”（借用前几年流行的说法），但却一定是在“用人生写作”。然而，诗人一旦回“家”，开始用脑子思考，他的创作就停止了。在“家”里，人生将受到世俗的、形而下的各种各样的事务所累，或者被寻常的温暖所温暖。诗人在一种“在家”的状态中，他作为“诗人”的人生就结束了，也就不会再有优秀的作品。

对于诗人来说，“人生即作品”，古今中外都不乏这样的例子。中国历史上伟大的爱国诗人屈原，留下了大量气势恢宏的诗篇，在秦国攻破楚国之时愤而自投汨罗江。屈原选择的生与死成就了他的伟大，而他的伟大同样成就了他的诗篇，他的人生和他的作品是同一的。再看看民国时期的徐志摩，风度翩翩的青春诗人留下了许多美妙的、细致入微的爱情诗篇，而其人生恰恰是充满爱恋的人生，他与林徽因的缠绵，与陆小曼的爱恋，以及他在两者之间循环往复、最终命断青天……可以说，恋爱就是他的人生，就是他的诗作，也正是其中最动人的部分。再说当下的诗人，余秀华，一个脑瘫的农村妇女，话都说不清楚，她又会有怎样的情感和欲望？她的人生会是怎样的？我们需要去读她的诗，因为那是她心底里最真实的、最深层的声音。试想，如果海子不曾自杀，徐志摩不曾与林徽因恋爱、与陆小曼结婚，余秀华不是一个脑瘫的农村妇女，那他们的诗作是否能打动读者？真正打动我们的是诗人的人生，还是诗人的作品？抑或这两者本来即是合而为一的？

也许诗人一定会恋爱，但却绝不会有“家”。这里所说的“家”更多是指一种平常人的庸常生活、一种安顿的状态。对于绝大部分做人文工作的“家”来说（甚至还可以扩展到“画家”和“艺术家”），不论是“大家”还是“小家”，除非让自己的身体处于一种安顿的状态，否则是无法腾出脑子来思考和创作的。然而，诗人却不是用脑子来创作的，他的作品就是他的人生。“无家”的状态是辛苦的，对诗人来说却是不由自主的，即使累，也是痛并快乐的。

写于2017年1月15日，剑桥，

徐志摩诞辰120周年纪念

从“适者生存”到“弱者的天堂”

在到剑桥之前，我从未想象过不到六岁的孩子能自己骑自行车去上学，这在中国的很多城市都是不可能的，更别说在北京了。到了剑桥之后，为了方便每日上学，我们不得不开始尝试自行车。儿子看着别的同学，甚至是学前班的同学都自己骑车去学校，也想试试。于是，从买车到学车，从在家附近练习到骑车穿过四五个街区到学校，再到骑车到市中心购物，我们开启了剑桥的自行车之旅。

最开始上路的时候，我和儿子都像过街老鼠一样，每到一个路口，或者察觉到有车从后面逼近，我们就会警觉地停下来站着，让机动车先走。然而，这种时候往往会有一些尴尬。因为，通常机动车也会停下来，然后司机摆手示意让我们先走。而我们对这样的“礼貌”很不确定，所以双方会尴尬地僵持好一会儿。印象最深的一次是，我们正准备横穿一个路口，这时看见一辆超级大的（载重至少有8吨）垃圾车正在爬坡，要通过这个路口。我紧张地抓住孩子让他停下来、让大车先走。但出乎意料的是，这辆垃圾车居然在上坡的路口停住了，司机摆手示意让我们先走。我心里很感激，生怕垃圾车会在坡上溜车，赶紧拉着儿子通过路口。还有一次，我们在一条较窄的马路上骑着车，因为是周末，车比较少，我和儿子就悠闲地在路中间骑行，骑着骑着，我似乎听到后面有声音，往后一看才惊讶地发现竟然有一辆机动车默默地跟在我们后面，“司机叔叔”似乎也没有责怪的意思，我们赶紧骑到路左边，让机动车超过去，司机还向我们挥手表示感谢。

渐渐地，我似乎领悟到在剑桥有某种潜在的、人人共识的交通规则（这些规则虽然没有写出来，但人人都知道并且照着做，这大概就是罗尔斯所说的“公开的知识”）：在遵守基本交通规则的前提下，大车让小车，小车让自行车，自行车让行人；而对于自行车来说，在狭窄的自行车道上，快车让慢车，男士让女士，年轻人让小孩和老年人……这些规则对于中国人来说似乎很陌生，我们熟悉的规则是倒过来的：行人让自行车，自行车让机动车，小车让大车……总之，谁的速度快、马力大，谁就什么都不怕。

自从严复将达尔文的《物种起源》介绍给中国人，“物竞天择，适者生存”就成为中国人理解人类社会的确定之点。在庞大的人口数量背景之下，人们越来越倾向于将社会描述成一种竞赛，一场争夺资源、弱肉强食的生存战斗。交通秩序是潜在的社会秩序的一种清晰表达，在人人争先恐后的社会氛围中，行人和自行车作为弱势群体，早已举步维艰。昔日的自行车王国，今天自行车已经很难安全便捷地通行（当然，空气污染也使得人们不愿骑自行车）。在拥堵的道路上充斥着各种“挤”，各种喇叭声，各种“不要命”，还有各种谩骂和纠纷……

也许，人类能够“称霸”地球，成为“众生之灵”的秘密并不在于“弱肉强食，适者生存”，而在于“保护弱小，尊重生命”。人类并不是唯一会爱护弱小的物种，许多动物都表现出不同程度的温情，但人类却一定是唯一能够将“保护弱小，尊重生命”的规则普遍化，使其成为所有成员共同接受的道德原则和社会规范的生物。正是受惠于普遍的“关爱”和“尊重”，人类的族群才得以繁衍生息，才不会在自然竞争中被那些在体力、速度、灵活性等方面优于人类，比人类更加凶狠、更加不择手段的动物所击败。

当然，最讽刺的事情莫过于达尔文曾是剑桥大学的学生，并且直至今日仍然是剑桥乃至整个英国的骄傲。然而我认为，达尔文的“适者生存”理论应该严格限制在人类以外的动物世界，虽然人们常常试图用其解释人类社会的发展规律。事实上，真正和谐有效的人类社会制度早已超越了达尔文所理解的“适者生存”，正是在“保护弱小，平等尊重”的社会秩序之下，人类才有可能持续繁荣。

在友好的交通环境下，剑桥称得上是骑行者的天堂。在剑桥，你能看见各式各样、各种组合的自行车，以及从一两岁到七八十岁的骑行者和坐车人。这里有坐着骑的自行车、站着骑的自行车、躺着骑的自行车；可以带孩子的自行车里，有前面加推车的，有后面拉拖车的，有后面拉小自行车的，有后面加座位的，有前面加座位的；有两人骑的自行车、三人骑的自行车；三轮车里，有后面两个轮的、前面两个轮的、前面加推车的、后面加拖车的……应有尽有，不一而足。

从“适者生存”到“弱者的天堂”，人类进步真正的秘密并不在于“更高、更快、更强”，而在于各种“多样性”——出行方式的多样性、生活方式的多样性、文化的多样性、宗教的多样性……对于人类社会来说，只有在“保护弱小，平等尊重”的社会规则之下，各种多样性才能得到保护，才能形成一个生态健康的社会。所以，请机动车给自行车和行人让路，即使他们很慢；请垄断社会资源的强者为弱势群体建立保障体系并给予他们平等的尊重，即使他们不够聪明。能力有多强，责任就有多大，“保护弱小，尊重生命”理应是强者的责任。

我在英国挖化石

英国是世界上最早开始研究古生物的国家。人类对古生物尤其是恐龙的研究就始于两百多年前英国化石猎人们发现的恐龙化石。英国不仅有丰富的化石资源，而且，也是世界上为数不多的外国人可以在指定地点捡化石并带走的国家。2017年我在英国访学，有机会带着孩子在著名的化石小镇莱姆里吉斯（Lyme Regis）和被誉为“恐龙岛”的怀特岛（Isle of Wight）寻找化石，感受亿万年前的远古生命具有的无限魅力。

一、化石小镇：莱姆里吉斯

世界上最早的化石猎人出现在英国。18世纪末19世纪初，在英国的南部海湾小镇莱姆里吉斯出现了许多专门售卖化石的小店。化石猎人们在莱姆里吉斯蜿蜒的侏罗纪海岸上寻找古生物的遗迹，并将这些历经亿万年时光的美妙珍宝出售给那些喜欢它们的人。著名女化石猎人玛丽·安宁（Mary Anning）就拥有一家这样的小店。

贫困中的玛丽·安宁以寻找和售卖化石为生。她拿起简陋的工具，在镶嵌着巨大螺旋状菊石的海岸边上下求索。然而，这位细心而坚韧的英国女子终将因为自己的伟大发现，在古生物学的研究历程上留下浓重的一笔。鱼龙、蛇颈龙、翼龙……这些遨游或翱翔于亿万年前的壮美生物的化石都是玛丽·安宁首先发现的。今天，在享誉盛名的伦敦自然历史博物馆里，我们仍然能看到玛丽·安宁在两百多年前发现的珍贵化石。

2017年8月，我和先生带着孩子游览了莱姆里吉斯，并参加了莱姆里吉斯博物馆组织的海边挖化石活动。从英国南部侏罗纪海岸的另一处著名景点杜德门，坐一趟长途公交车，就能到达莱姆里吉斯小镇。小镇并不大，大概就是沿着海滩的一条两三公里长的大街，街道两旁是各式各样的小店。许多小店都与古生物相关。当然，最多的是售卖化石的店铺。这些店铺里摆放着散发宝石光芒的菊石、又细又长的直角石、伸着触须的三叶虫化石、巨大的鲨鱼牙、各式各样的贝壳化石……琳琅满目、不一而足。这些化石店铺里不仅有化石猎人们在当地挖到的化石，还有从其他地方运来的化石。一些店铺专门售卖化石装饰品，将化石镶嵌成各种雕塑、器具，既实用又精美。另有一些店专门卖古董，我先生还在一家店里买了几枚中国的古钱币。

在这条街的中间位置坐落着一栋两层的楼房，这就是莱姆里吉斯博物馆。博物馆不大，但布置得精致而漂亮。博物馆前厅的地面印满了菊石形状的印记，像一朵朵盛开在地面上的鲜花。在博物馆里，人们能看到许多当地发现的重要化石：鱼龙、蛇颈龙、菊石、直角石等等。博物馆最珍贵的展品大多与玛丽·安宁相关：安宁的地质锤、造于19世纪70年代的安宁陶瓷塑像、人们在海边捡到的安宁硬币、玛丽·安宁的弟弟约瑟夫·安宁用木头雕成的鱼龙骨架，以及第一位描述恐龙的古生物学者巴克兰（William Buckland）的“鱼粪化石桌”……

从博物馆出来，我们迫不及待地奔向传说中的莱姆里吉斯海滩。博物馆组织的挖化石活动是在第二天上午，但头一天下午我们已经按捺不住内心的激动，想要试试自己的运气。博物馆西边的海滩是鹅卵石海滩，大大小小的石块上随处能见到被地质锤凿过的痕迹。海滩上散落着前来寻找化石的人们，不时能听到叮叮当当的声音，还有惊喜的尖叫。我们没有准备地质锤，就只能边看边捡。

一个老人拿着地质锤，在海边的岩石上不紧不慢地敲着，似乎很有经验的样子，我们就凑过去看。确实，这位老人一敲一个准，只要是他敲开的石头，里面都藏着一枚晶莹透亮的小小的菊石。我先生用磕磕巴巴的英语向他讨教经验，他告诉我们，只要表面不太光滑、有小孔的石头，里面多半都会有化石。只可惜我们没有地质锤，只能跟在后面捡别人敲过的。不过，老天并没有亏待我们，我先生在海边洗手的时候居然捡到一块月饼大小的菊石，虽然没有宝石般的耀眼光泽，但是纹理清晰，非常漂亮。

第二天一大早，我们准时在博物馆门前集合，跟着博物馆的老师到博物馆东边的海滩捡化石。我们一行20人左右，先是聚在一起认真聆听带队老师对莱姆里吉斯地质结构的讲解。海滩的尽头是侏罗纪时期形成的黑色层积岩，高度有二三十米，蕴藏着丰富的各类海洋生物化石。东边海滩与西边的鹅卵石海滩不同，大部分是细碎的沙滩。最令人惊讶的是，沙滩上有许多大如脸盆的菊石，一串一串的，像盛开的向日葵一般装点其间。听完讲解，我们跟着带队老师一边走一边寻觅宝贝。博物馆的老师解释说，人们可以自由地到海滩上来找化石，也可以将化石带走，但最好不要使用地质锤，因为那样很容易造成破坏。要知道，莱姆里吉斯所在的这一段蜿蜒153公里的海岸线，是全世界唯一一处能展现从三叠纪、侏罗纪到白垩纪两亿多年历史的地方，并于2001年入选联合国《世界遗产名录》。这也是英国唯一一处位列该名录的自然遗产。

一上午的搜寻时时充满了惊喜，这次是在我洗手的时候，居然捡到了一块5厘米长的直角石。我家小朋友也捡到了小一点的菊石和直角石。临近中午，快到我们赶火车的时间了，一家人才恋恋不舍地离开了莱姆里吉斯，离开了这片满是化石宝藏的海滩。

二、恐龙岛寻宝

英国南部最大的岛屿怀特岛与泰坦尼克号的始发

地南安普顿隔海相望，是侏罗纪海湾上的一颗明珠。熟悉古生物学的人都知道，这座岛被人们亲切地称为“恐龙岛”。这是因为，怀特岛是整个欧洲大陆发现恐龙种类最多的地方，也是发现恐龙化石密度最大的地方。这里曾发现了许多白垩纪的重要恐龙，例如重爪龙、新猎龙、禽龙、多刺甲龙等等。2017年复活节期间，我与母亲和孩子一起游览了怀特岛，并参与了当地组织的捡恐龙化石活动。

怀特岛上建有一个名为“Dinosaur Isle”（恐龙岛）的博物馆。博物馆的造型很奇特，像一只巨大的白色蝠鲼鱼。博物馆里陈列着许多在岛上发现的珍贵化石：巨大的乌龟壳、鳄鱼的牙齿、曼得尔龙的下颌、巨大的三叶虫、重爪龙巨大而锋利的爪子、翼龙的喙、食草恐龙光滑的胃石等等。令人着迷的还有许多精美的恐龙画作，我的孩子特别喜欢画恐龙，所以盯着这些生动而精美的艺术作品，久久不愿离开。最令人兴奋的是，在一个展厅里，还有一个做得非常逼真的机器恐龙，按下不同的按钮，恐龙身上相应的关节就能自由活动，这让孩子非常着迷。

怀特岛上有两个恐龙化石富集的区域，一个在东边一个在西边。东边主要发现的恐龙有新猎龙、甲龙和禽龙，西边发现的则主要是大型蜥脚类恐龙和棱齿龙等等。从博物馆出来，我们参加了博物馆老师组织的在东边海岸搜寻恐龙化石的活动。东边的海滩是细碎的沙滩，远远地能看见前方高耸的白垩纪白崖，这是英国南部海岸特有的美景。带队老师拿着地质锤，一边敲着海滩边的巨石，一边指给我们看。在许多石块里都能看到精美的贝壳化石：有一些很小很多，但取不出来；有一些像桃子一样中等大小的，老师就敲开了让我们取。孩子们找到化石都非常兴奋，用纸包着抱在怀里，生怕弄碎了。

带队老师告诉我们，要是在海滩上找到黑色的石头，那一般就是恐龙的骨头化石。我家小朋友睁大了眼睛找黑色的石头，找到几块，还闪着金色的美丽光芒，经老师鉴定，是金属化的树化石。老师的讲解里有许多我不熟悉的古生物专业术语，我听不太懂。只是很好奇，这些树化石为什么会散发出黄金般的光芒，后来我又在网上查过好多次都没有找到答案，只是心里隐隐地希望，自己找到了金子。

孩子找到的一块很大的石头里有一块小小的黑色

物质，他很是兴奋，拿去问老师。老师解释说，那可能是古代鲨鱼的尾鳍。现代的鲨鱼通体都是软骨，并不会形成那样的化石，所以，老师判断那大概是白垩纪时期的古代鲨鱼留下的。这让孩子非常兴奋，一定要将那块大概5公斤重的石头带回家。

寻宝的时光过得很快，也很有意义。领近黄昏的时候，我们满载着贝壳化石、闪着金光的树化石和镶嵌着鲨鱼鳍化石的大石块离开了怀特岛。告别了岛上维多利亚女王金碧辉煌的奥斯本宫，告别了怀特岛最南端、被中国人称为“天涯海角”的三块巨大白岩“Needles”，告别了富含各种矿物的地质奇观“五彩岩”。这座神秘的岛屿，让人恋恋不舍、流连忘返。

2017年9月我们一家从伦敦返回北京，在机场行李超重了。打开箱子，看见一块块沉重的化石，既欣喜、又心痛，咬咬牙交了重重的罚金，将所有宝贝都带回了国内。当时之所以这样做，不仅是因为孩子喜欢，还因为化石——这种时光雕刻的珍宝——已经成为我们生命里最珍贵的部分。

我轻轻地离开，不带走一枚硬币

英国的硬币种类特别多：1便士、2便士、5便士；10便士、20便士、50便士；1英镑、2英镑……而且形状各异，颇难辨认。付钱的时候往往来不及数清楚，我总是付了整钱让别人退。这样一来，自己手里的硬币越来越多，特别是便士币，很不容易花出去。再有几天就要离开剑桥了，零钱袋里还有好多硬币，沉甸甸的，就像我的心情。

临行前，一天上午，我带孩子坐公交车，我有公交卡，不需要买票，但想要给孩子买票，却突然找不到零钱袋。带孩子出门要带的东西太多，大旅行包又有许多小包，一着急，就摸不着零钱袋了。只好拿出一张十英镑的纸钞准备买票。谁知司机师傅却不收，说是没有零钱找；而这时，我的小孩已经咕噜一下跑到双层大巴的上层去了。开车的师傅很是生气，厉声呵道："女士，你不能不给孩子买票就上车，这是法律！"我站在车门口不知如何是好，感觉自己像一个罪犯，只好把大旅行包里的东西全倒出来，一个兜一个兜地翻。

天下着雨，本来很凉，而我这会儿却全身发热，额头上都冒汗了。此时，司机师傅还在不停地叫我们下车，还威胁说我们不下车他就不开车。我埋着头，觉得似乎全车人的目光都像剑一样指着我，脸涨得通红，然而越着急就越找不着那袋该死的硬币……

这时，我耳边突然响起一个温和的声音："他要你付多少钱？"我抬头一看，是一个金发碧眼的中年妇女，手里攥着一把硬币。一瞬间，我感觉像见到了亲人一样，连声道谢，接过她手里的零钱赶紧付了车费，上到巴士二层，与"欢欣鼓舞"的儿子坐到一起。在位子上坐定之后，我继续仔细地翻我的大旅行包，终于把那袋沉甸甸的硬币找了出来，我拿出所有的硬币，数也没数，一股脑全塞给了刚才借钱给我的女士，这才算舒了一口气。

下车的时候，我仍然像往常一样感谢司机师傅，心里美美地想：这下我终于可以轻松而安心地离开这个美丽的城市了，那一袋子沉甸甸的硬币让我既遵守了法律，又回报了善意。也许，某一天我会想起这个美丽的城市，这个法治与人情交织在一起的地方，或者，也是歧视与仁爱交织在一起的地方。

2017年8月

辑三

路弯弯

如果人生是一本书，那么透过文字一定会引申出无尽的含义。而且，每个人的解释都不尽相同。有谁能参透人生的真谛？此刻参透了，下一刻却免不了又 陷入惶恐。路漫漫其修远兮，吾将上下而求索。

一趟开往梦想的列车

2019年8月23日，我坐在从贵阳开往北京的G82次高速列车上，敲着下面的文字：

> 在过去的二十多年中，我每年都会数次乘坐贵阳和北京之间的往返列车，加起来也快有上百次了。从绿皮车、动车，再到高铁，乘坐的列车越来越先进，速度越来越快，列车上的故事和车窗外的风景也开始变得不一样。

上世纪90年代末，从贵阳开往北京的列车是T字头的特快列车，到北京的是T87，回贵阳的是T88，要开36个小时，被冠以“茅台王子号”的美称。每年开学，从贵阳到北京的票源都非常紧张。这时，学生家长们总会使出各种招数、到处托朋友亲戚，帮孩子买卧铺票。有一次开学，我们几个同学约着一起走，结果只有一个同学买到卧铺票。白天，我们就挤在一张床上打牌、聊天，夜里被乘务员赶出来。那时，车厢过道已经被挤得水泄不通，硬座车厢的座位也被别人占了，我们几个同学只得相互依偎着，晃晃悠悠，度过难熬而又难忘的一夜。

从北京回贵阳是肯定买不到卧铺票的。学校放假的时候，要买一张回贵阳的硬座票都非常困难。通常是一放假就得去北京西站排队，熬一个通宵，兴许能买到一张硬座票。上大学的时候，坐几十个小时的硬座回家其实是一件很有意思的事情。那时候，还没有智能手机，年轻人坐在一起，几十个小时没事干，剩下的就是“穷聊”。从自我介绍开始，天气、学业、娱乐、体育、旅游……各种话题，天南海北地聊。有时候，上车的时候还是陌生人，到下车的时候，却感觉已经是多年的老朋友了。

有一次，我在火车上遇到一个北师大艺术系弹钢琴的学生。我因为也很喜欢音乐，所以和他聊得很投机。临下车的时候，我们还互相留了地址。大概一个月之后，我收到他寄给我的信，打开一看，是一份乐谱，上面还写着我的名字：致某某。我抑制不住内心的激动，对着乐谱哼唱起来。这是一首钢琴曲，左手、右手的谱子都写在五线谱上，高高低低的，像一幅精致的画卷。我觉得哼唱着不过瘾，就跑到清华蒙民伟楼请键盘队的朋友在钢琴上弹给我听。琴音清脆，节奏舒缓，旋律高低起伏，我听得入了迷；恍惚中，以为自己在火车上邂逅了如贝多芬一般伟大的音乐家。

还有一次，我们好几个在北京读书的贵阳学生一起坐火车回家。上火车前，我们相约到人大西门的城乡超市买火车上吃的东西。那感觉，就像是要去露营一样兴奋。方便面、薯条、面包、卤鸡蛋……买了一大堆，这帮男生居然还买了两瓶二锅头！上火车后，我们先是打牌：斗地主、争上游、五十K都打了个遍，输了的就喝酒。这居然是我第一次喝高度数白酒，我把酒瓶放在嘴上轻轻地抿一下，感觉香气四溢，酒立即就蒸发了。于是，这帮人就起哄说我酒量大，非要让我多喝点。后来，有人玩累了，就趴下来睡觉，我睡不着就聊天，反正年轻人之间总有说不完的话。记得，当时一个在人民大学学金融的同学，还在火车上给我讲解金融产品的算法，我努力地想听懂，似乎听懂了就能赚大钱似的。

参加工作后，我虽然还是年年回家乡，但却很难再有体力坐几十个小时的硬座，和朋友或陌生人不间断地聊天。刚好，那时的火车也开始提速了。我记得有一段时间，贵阳和北京之间的火车从36个小时提速到29个小时。虽然还是要在火车上睡一夜，但已经很令人满意了。2013年夏天，我第一次带孩子回老家，坐的就是这样的动车。当时，孩子两岁多，第一次坐火车，一路上哭闹不止，幸亏有卧铺，但孩子还是被折腾病了，下了火车就直奔医院。

火车很快又提速了，近几年回家乡，我坐的都是G字头的高铁，最快的8个多小时，最慢也是11个小时。票源也充足，网上随时能订到票。一大早上车，傍晚时分就能到，非常便利快捷。遗憾的是，我在高铁上好像再也没能交到朋友。虽然车里也满是在北京上学的贵州学生，但我似乎已经没有了聊天的兴致和投缘的伙伴。相比起绿皮车上拥挤而热烈的气氛，高铁上的氛围更适合拿出电脑来工作，孩子也可以专心地看书，或者画画。在学习、工作之余，偶尔抬起头来看看窗外从奇雄秀丽到宽广豪放的风景，也甚是惬意。

从绿皮车到高铁，不仅车上的故事有了不同的版本，车外的风景也有了许多变化。以前，绿皮车开得慢，到站了也停得久。站台上的小商贩很多，卖水、卖零食、卖快餐的都有，还有农民煮了玉米，追着火车递给车窗里的乘客。火车开到长沙，我们就到站台上买水，到了武昌还可以花10块钱买条刚烤好的武昌鱼。如今，站台上清净了许多。火车到站时，只有零星的乘客下车抽烟。坐绿皮车的时候，运气好的话，火车过武汉长江大桥的时候能看见黄鹤楼。记得我曾看见过一次，后来就次次都等着看；有了小孩之后，还让孩子也跟着四面张望，可是再也没看到过，估计火车早就改道了吧。

火车快到北京的时候，广播里总会传来相关的旅游介绍："北京是中华人民共和国的首都……"虽然听过很多次了，但每当听到这样的广播，心中仍然免不了泛起阵阵波澜。对于许多贵州人来说，从家乡到北京，大概是一场实现梦想的旅程。坐着呼啸的火车，穿过崇山峻岭，穿过一条条幽暗深长的隧道，跨过长江、跨过黄河，最终到达一马平川的华北平原——多少人，为了追逐自己的梦想，年复一年地踏上这样的旅程！怀化、长沙、武汉、郑州、石家庄、北京西……来来回回多少次，似乎一切都没变，但又好像一切都在变：从最初的绿皮车，到后来的动车，再到现在的高铁，时代的发展、科技的进步，让人们实现梦想的速度变得越来越快。

一个哲学女博士的求职经历

我是一个爱哲学、不畏艰辛，甚至不惜从零开始的女子。2001年7月我从大学化学系本科毕业，放弃了在化学系直升博士的机会，毅然转入一个对我来说既陌生又极具魅力的领域——哲学。同年9月，我如愿地进入哲学系攻读伦理学专业的哲学硕士。2004年我又申请到海外留学的奖学金，远赴欧洲攻读政治哲学博士。2007年7月，我完成了三年的博士学习，获得政治哲学博士学位，信心满满地回到祖国，计划由此开启自己在哲学领域的研究工作。然而，这一心愿却历经波折，久久难以达成。

回到北京后，我立即向北京设有哲学系的八所高校和研究机构递交了自己的简历，开始准备面试和试讲。然而，等待是漫长的，也是令人失望的。于是，我开始给一些我特别想去的学校打电话询问情况。其中一所高校拥有国内数一数二的哲学系，其主管招聘的领导接了我的电话，并且非常热情地回应我："我看了你的简历，非常优秀，很好！你来试讲吧。"放下电话，我兴奋不已，感觉自己的哲学梦马上就要实现了：如果在中国的哲学界有了一块立足之地，那么需要做的就只是辛勤地耕耘，阅读、思考，并与那些志同道合的人探讨学术、进行辩论，而这正是我理想的人生。

试讲当天，我做了充足的准备，在十几个老师面前展示了我博士论文的核心部分。试讲结束后，哲学系的领导把我叫到办公室，语重心长地说："你的试讲很不错，学术背景和个人素质也都很优秀。但是，我们想招一个男生。"当"男生"这个词从他的嘴里说出来的时候，我还没有完全从他前半句话的夸赞中回过神来。接着，我像突然被一颗子弹击中了要害，一下子呆在那里，张口结舌。这位领导看我受到了突如其来的打击，也觉得场面有些尴尬，便匆匆结束了谈话。在回家的路上我一直有些恍惚，怎么也理不出这位哲学前辈说话的逻辑：我是女生怎么能成为拒绝我的理由呢？这样做不违法吗？他们为什么不要像我这样优秀的女生，而想要男生呢？我当时应该如何回答才有可能争取到这个工作机会呢？难道说我应该答应去变性吗？……一连串的疑问让我感到困惑而悲哀。

一个月之后，我又接到某研究机构的某招聘老师打来的电话，称因为我各方面条件都非常优秀，所以很想录取我，并且希望在正式的笔试和面试之前可以见面谈谈。这个电话又一次激起了我实现梦想的激动心情。我按照老师给的地址兴冲冲地去面谈，但到了地方我才发现，这个地址并不在我投简历的研究单位内，而是在该研究单位外一个偏僻的小楼里。这位老师解释说，单位正在装修，所以他们在外面办公。办公室里也没有见到其他研究人员，而这位接待我的老师似乎也没有什么重要的事情要和我交流，只是不停地抽烟，显得非常不耐烦。我只有在烟雾缭绕中滔滔不绝地讲述自己的求学经历和哲学梦想。最后，这位老师对于应聘求职的事也没有任何意见和建议，而我只得怏怏地回家了。

几天之后我参加了该研究机构的英语笔试，内容是一段英译汉和一段汉译英。我因为在国外读博士三年都是英语教学，而且十几万字的博士论文都是英语写作，所以并没有觉得非常困难。然而，一个星期之后，我被告知笔试没有通过。我当时觉得非常不可思议，就找到这位主管招聘的老师要求看看卷子，而那位老师却说："你考得实在太差了，没有必要再查卷子了！"这样的回答如同给我泼了一桶冷水，让我瞬间清醒过来。我回想起这位老师第一次叫我去他办公室的情形，只能感叹自己太单纯，居然空着手就去面谈。大概是让这位老师大失所望，才会落得如此下场。

前两次求职的打击让我突然意识到，女性在哲学这个行业是受到歧视和排挤的。于是，我在接下来的求职过程中，一律不写性别，心想，凭着我男性化的姓名，大概可以侥幸通关。两个月之后，我仍然没有在京城的哲学领域找到愿意收留我的地方。绝望之际，我突然接到一所不太知名的学校打来的电话。负责招聘的老师说："你怎么投了简历就一直没和我们联系了？"我心想，我投了简历，应该是你们和我联系才对啊！当然，心里虽然不乐意，但嘴里还是连连地道歉。那边说："你过来面试吧。"我放下电话，欣喜若狂，想着命运终于眷顾我这个"爱智慧"的女人，要给我一个继续哲学研究的立足之地了！

如前几次一样，面试效果很好，各位老师都非常满意。面试结束后，哲学系的负责人告诉我："你去体检吧，准备走程序。"当听到这句话时，我真是有如释重负的感觉，庆幸自己多年的心愿终于要达成了，甚至对世界和命运都充满了希望。于是，我很快完成了体检，还搬到这所高校附近居住，等着走程序、办手续。然而，意想不到的是，我从2007年10月一直等到2008年1月，都没有接到让我办手续的通知。我当然也不断地去打听和询问，但得到的都是一样的回复："请等待。"看着与我同年毕业的同学们都已经纷纷走上了工作岗位，我就如热锅上的蚂蚁，心急如焚，而我在意大利省下的奖学金此时也快花光了。在万般无奈之下，我只得选择去另一所高校做哲学博士后，以便尽快结束这种北漂失业的状态。后来，我才听说，当时这所高校之所以会在收到简历许久之后突然叫我去面试，后来又迟迟不肯给我办手续，是因为哲学系两派老师内斗，都要进自己的人，而我只不过是双方争执不下、借以攻击对方的一枚棋子。

两年博士后的生活暂时继续了我的哲学梦，然而我仍然时时处在找不到工作的惶恐之中。当时，我最大的心愿就是能留在攻读博士后的学校。以我的学术背景来说，这样的想法并不是一种奢求。为此，我努力地发文章、积极地为系里的国际会议帮忙、卖力地做学术演讲的翻译……可能是看我太拼命了，合作导师语重心长地告诉我，我是不可能留下的，因为只要看看哲学系的男女比例就能明白。哲学系里没有女老师，清一色的男士，完全是“绅士俱乐部”。当然，女学生倒是不少。我似乎又一次从迷梦中惊醒，意识到自己的周围有“隐形的墙壁”，头顶上有“看不见的天花板”。

两年的时间过得很快，2009年我又开始到处求职。虽然我仍然心怀梦想，但我再也不敢只投哲学专业的职位了，往政治学、国际关系等相关专业的研究岗位也发了简历。很快，我得益于在欧洲留学的背景而在某高校的国际关系学院找到了教学科研的工作。

回想两年之中的求职经历，我似乎如当初所愿，在中国学术界找到了一块立足之地，而我需要做的就是在这片土地上耕耘、播种、开花结果。然而，我总觉得心有不甘，不仅因为我心中的哲学梦想没有实现，还因为我知道，有千千万万如我一般的女子，在如我一般的境况中不断地碰壁，不断地受到打击和歧视，而这一切都是不公平的！

长久以来，女性与哲学的关系一直被误解。将这种误解推到极致的莫过于周国平先生的一句名言：女人做哲学，对女人和哲学都是一种伤害。然而我却认为，哲学代表着人类对世界最深刻、最终极之原则的思考和规定。否定女人能对人类的终极问题做出思考和判断，对女人来说才是一种真正的伤害，对哲学来说，也是如此。

记与韩水法先生交往的二三事

韩老师常说，要做一个有趣的人，过有趣的生活。所以，我想与大家分享几件我们师生之间有趣的事。

2008年初，我到北大哲学系跟韩老师做博士后，也做韩老师的助教。当时，韩老师有一门课，一个星期在二教上，一个星期在化学北楼上。我有一次粗心大意，跑错了地方。本该去二教，却跑到了化学北楼。我到得比较早，所以没察觉到会议室里根本没有本该来上课的学生，就一个人坐在那里傻等。不一会儿，接到韩老师的电话，说是让我先给同学们讲点什么，他有事耽搁了，可能会晚到一会儿。电话最后，韩老师还特意叮嘱，在二教哦，不要搞错了教室。我这时才恍然大悟，发现自己跑错了地方。

挂了电话，我就慌慌张张地往二教跑，一边跑还一边庆幸：幸亏韩老师今天有事耽搁了，要不然我可要闹大笑话了。跑到二教，离上课还有五分钟，我又开始焦虑：韩老师不在，我该给同学们讲点什么呢？我这个半路出家的哲学爱好者，会不会还没学生们知道得多？会不会被轰下台？正在紧张焦虑之中，大概离上课还有两三分钟的时候，我突然看见韩老师不慌不忙地朝教室门口走来，我像是一下子看见了大救星，总算舒了一口气。

后来，我仔细思量，发现这件事越发有趣。据我推测，其实，韩老师那天并没有被什么事情耽搁了、怕迟到才给我打电话，而是在路过化学北楼会议室时，看见我走错了地方，但又怕当面说穿的话，我面子上过不去。所以，才想出了这样一个既提醒了我，又保全了我脸面的万全之策。给学生指出错误，同时不忘顾及学生的脸面，而且还想出如此巧妙的办法……老师的用心之良苦、为人之细腻，真是让学生感动、佩服不已！

我在北大如匆匆过客，时光如白驹过隙，转瞬即逝。然而，在北大的一年半里，却有着我生命中最难忘的一个中秋节。

每逢佳节倍思亲，2008年的中秋节对于我来说本当是最难熬的日子。我2007年暑假从意大利学成归国。与“成家立业”的愿景恰恰相反，我面对的却是失业加失恋。北京各大高校的哲学系以种种理由将我拒之门外，相恋八年的初恋男友也分道扬镳。北大似乎成了我的疗伤之地。

中秋节一直是我害怕的一个日子：一是，一人在异乡漂泊，没有家人可以团圆，别人的团圆，更勾起了我心中的孤寂；二是，我父亲正是在多年前的那个中秋之夜永远地离开了我。所以，每到中秋我都会感到灵魂无以为寄。回想我在罗马读书时，有一个中秋之夜，因房租到期不得不搬家，一个人拖着沉重的破行李行箱，累得走不动，坐在行李箱上，看着满满的、晃眼的月亮，悲从中来。然而，2008年的中秋之夜，我这个“孤魂野鬼”（注：韩老师语）却感到了无比的欢快和温暖。

那天下午，我接到韩老师的电话，他让我们几个“孤魂野鬼”准备去圆明园吃月饼、看月亮。我当时很诧异，因为已经五六点钟了，去公园里还能待多久呢？同去的还有徐老师等几个老师，我们趁着公园还没关门就进去了。然后，天越来越黑，快黑尽的时候，我们到了福海边上。当时，云层很厚，看不见月光，真有些黑云压城的感觉。韩老师提议我们把火烧上，于是，我们就开始烧火。火光暖暖的，我的心情开始舒缓起来。同行的老师拿出东西来吃，有月饼，有鸡翅，还有啤酒。我们吃吃喝喝，还唱着歌，遇到了一样是到福海边来看月亮的人，韩老师跟他们攀谈起来，笑声爽朗。

这时，福海上空的云也渐渐散了，月亮半遮半掩地露出了笑脸，我心里感到无比温暖，甚至有些兴奋起来，便非要在福海里游泳。刚开始，韩老师可能以为我只是说着玩玩，便鼓励我游。可后来见我真的要下水，就开始劝阻我，并且吓唬我说：这福海里的水是中水，是冲厕所用的，不干净。于是，我只好作罢。

12点过了，大家仍然觉得意犹未尽，又打电话把王老师（那时王博老师还没有当副校长，还能经常见到）叫出来，到五道口去吃韩国烤肉和辣白菜砂锅饭。王老师说话极幽默，嘴里净是段子，笑得我合不拢嘴。从店里出来，我终于感到一丝凉意和倦意，回家倒头便睡着了，再没有心思去回想那些让我肝肠寸断的往事。

那次之后，韩老师便一直觉得我胆子很大，居然敢在月黑风高之夜跳进福海里游泳。所以，后来我万分担心自己在北大开的课没有人选时，韩老师感到非常不解：“你都敢在福海里游泳，还怕没人选你的课?！”但我还是怕。为此，韩老师动员他所有的学生来选我的课，但似乎并没有什么效果，我的课还是没有多少人选，但我心里大概是有了老师的鼓励和支持，竟也不再那么害怕了。

2018年9月1日

记于韩老师60岁生日之夜

与“病”为友

人类始终自豪地认为自己是精神的存在，只有在肉体遭受疼痛的时候，才可能意识到肉身的沉重。这就是病痛总是给人带来恐慌的根本原因。

从来没有生过病的人，大概是不存在的。因为，每个人都有一副“臭皮囊”，而物质的东西，总是受到恒定不变的自然规律的左右，总有不听人指挥的时候，甚至要反过来奴役人。

我是2月出生的，水瓶座。曾经有一本解释星座的书上说，水瓶座的人时常有小病缠身。我的身体似乎确实被这种神秘的规律所决定：三天两头头疼脑热，小病不断，甚至久治不愈，让人绝望。然而，往往在我绝望之时，身体又会神奇地自愈。我时时惊叹于这种来如雷电、去如风雨的大自然的力量。

大概五年前，有一段时间我的大腿关节莫名地疼痛，尤其是在夜里，痛到无法入眠。刚开始，我很惊恐，觉得这种痛很不寻常，怕是得了什么大病，不敢去医院看。后来实在撑不住了，到北医三院骨科拍各种片子，核磁、CT查了个遍，居然什么问题也没有。医生也没办法，只得建议我换个科室看病。

到了风湿免疫科，医生说我得了一种怪病，必须终生服药。于是，我满怀悲伤地开始每日吃药，不到一个月疼痛就减轻了，服药两个月后，疼痛完全没有了。我满心欢喜地向医生申请停药，但医生执意让我终生服药。没有办法，我只得接着吃药。谁知在吃药四个月后，我开始全身起水泡，一碰就破，又疼又痒。

我去皮肤科看病，皮肤科医生说是因为我服用的药物有降低抵抗力的副作用，所以皮肤才会出问题。于是我赶紧停了治大腿的药，开始服用治皮肤的药。然而，让我没想到的是，吃了治皮肤的药，我却感觉头晕脑涨、天旋地转。开始，我还没反应过来是皮肤药的副作用，再次去医院看病，又开了一大堆治头晕的药。回到家，我躺在沙发上，看着家里堆成小山一样的各类药品，又想到自己近一年以来生病、看病的各种遭遇，几乎要崩溃了。

我决心破釜沉舟，果断地停掉了治皮肤的口服药，只用外敷的药，也停掉了医生说须终身服用的治大腿的药，还停掉了治头晕的药。结果，没几天我的皮肤就恢复了原样，大腿也不疼了，头晕的症状也烟消云散了。

现在回想起来，那次生病的经历，简直像坐过山车一般：各种病痛接踵而至，各种药物互相打架，最终却倏忽都不见了。而我的内心也从最先恐慌焦虑，到后来完全崩溃，直至最后勇于面对。大概，这就是“生病”的通常步骤：开始，山雨欲来风满楼，令人惊恐；接着，双方鏖战，艰苦卓绝；最后，云开雾散，感谢生命、面向未来。

康德说，人是同时生活在自然王国和自由王国的双重存在，这样描述让人匪夷所思。然而，病痛却让我真切地感受到两个自我之间的纠缠。如果那个在自然王国里的肉身自我出了问题，那么自由王国的自我就将失去自由。病痛像绳索一样缠绕着我的身体，除非自我脱离了肉体，除非“灵魂出窍”，否则自由自我就必然受肉身之累，而不得完全的自由。所以，苏格拉底从未畏惧过死亡。在他看来，肉体与灵魂的分离恰恰是实现自由的最佳路径。

但是，对于普通人来说，两个自我的和解可能才是解脱病痛最好的方式。与“病”为友，与自己沉重的、丑陋的、拖泥带水的肉身为友，像呵护孩子一样关心它、照顾它、爱护它，即使它并不完美，即使它总是让那个自由的自我陷入困境、遭受痛苦，即使有一天它终将离我而去，在有生之年，我也要紧紧地拥抱它。从心所欲而不逾矩，自然与自由的和解，这大概才是哲学家的养生之道。

初 愈

从校医院的台阶走下来，阳光便迎面洒在了脸上

冬日的阳光，暖暖的并不晃眼

微风抚动着柳条，似乎已带了些春意

湖水却还冻得结实，有人在上面滑冰

三三两两地，打着优美的旋儿

我们轻声地说着话，却早已陶醉于眼前的景色……

哦，生活是这么美好

还有什么可以害怕的

2001年12月29日，写于一次小病之后，

为感谢病中给予我帮助的朋友

车友小玄

小玄是我十多年前学车认识的朋友。他姓“玄”，玄烨的玄。听到他的名字时，我好像见到了末代皇帝一样，心里暗自惊喜。他也顺着我的思路，聊了一些他的家世，似乎确实是一个遗落在民间的清朝皇族。

遇到小玄时，我的生活正处在泥潭之中。从意大利留学归来，一直找不到工作。好不容易找到一个工作，却又拖着迟迟不给办手续。那时，我刚和相恋八年的男友极为痛苦地分了手。失业又失恋，成了名副其实的“北漂”。

我努力地让自己忙起来。在国图附近租了个房子，天天去看书；又办了健身卡，学跳肚皮舞；甚至还买了一把小提琴，上了几个月的小提琴课。但是，我仍然时时感到寂寞。于是，便花了几千块钱，去学车。

第一天学车，早晨6点在指定地点等班车，我就遇到了小玄。他很健谈，天南地北地和我聊天。一来二去，他也搞清楚了我的底细，而我也暗自惊叹他的皇族身份。有一天，在学车回来的路上，他突然握着我的手跟我说："李石姐，我比你小，我就叫你姐吧。"我有点惊讶，含糊地答应着。他红着脸，接着说："不管你认不认我，反正我是认下你这个姐了。就这样，以后我就叫你姐了。"然后，他便害羞地跑回家了。

我被这突如其来的"姐弟相认"弄得有点糊涂，好半天才回过神来。原来，这几天我俩的心情是一样的，都以为自己遇到了"了不得的人"：我在惊叹他是皇帝的后代，而他却在偷偷地羡慕我清华的背景和留学的经历。我以有个皇族弟弟为荣，而他也以有个清华的姐姐为傲，"姐弟之称"就这么定下了。

学车对于我来说是完全陌生的。除了听师父的指挥外，我完全不知道里面的各种门道：为何要时时给师父"敬烟"？如何才能约上课？各科考试前怎么"孝敬"考官？我不谙世事，完全不知所措。于是，小玄就鞍前马后地帮我打点。有时候他自己花了钱，也不要我还，还经常中午请我吃驴肉火烧。我这个当"姐姐"的，倒是时时享受着"弟弟"的照顾。

这种“照顾”一直延续到我们顺利地拿到驾照，一直延续到我到北大读博士后他帮我找车搬家，一直延续到我出了诗集他帮我推销，一直延续到每年我的生日收到他的问候……

在不断交往的过程中，我逐渐意识到，这个遗落民间的皇族在北京城其实已经快要混不下去了。小玄老家在承德农村，父亲很早就过世了，他母亲一个人拉扯他们兄妹三人长大。小玄是老大。到北京之前，小玄拿到了本科文凭；到北京之后，他一直想继续深造，曾经尝试过考各种证（都是我不熟悉的，完全没有记住），但都没有成功。我遇到小玄时，他就职的公司已经快要倒闭了，只剩下老板和他两个人。他天天帮着老板去要债，尤其是过年前，他总是神色慌张。我也曾给他出过赚钱的主意，叫他穿上清朝的服装，去故宫门前与游客合影——说起这个，我俩就一起哈哈大笑。

小玄结婚之后，住在他公司附近的一处民宅里，虽然租金不贵，但要拆迁的消息不绝于耳。小玄有一次跟我说，要是房子真的拆了，他就自己拿板子搭一个住。我还和他一起构思造一个什么样的小木屋。其实，小玄一直想在北京买房，但来北京快二十年了，一直没攒够钱。几个月前，小玄给我打了一个电话，说他最终在石家庄买了房，把老婆孩子都送过去了，他自己留在北京混。他开玩笑地说："我再给自己十年时间，混得好就混，混不好就走。"电话那头传来他朗朗的笑声。

其实，我从来没有仔细体会过小玄的辛苦。因为，他说话的时候总是笑盈盈的。说着说着，还会和我开玩笑。即使是沉重的事情，从他嘴里说出来，也不让人揪心。我不知道自己对于小玄来说，意味着什么。我从来没有在经济上接济过他，倒是他逢年过节会给我寄些东西；我也从来没有为他的事业发展出谋划策，因为他的业务我完全不懂；我甚至也没有给他的继续深造提供过任何机会和信息，因为他的专业与我的相去甚远。在我们的"姐弟交往"中，总是他在时时处处为我提供实际的帮助。尤其是在我的"北漂"岁月里，要是没有他，我可能会受更多的苦。

十多年来，我已经从失业失恋的泥潭中挣扎着重新站起来：在北京找到了稳定的工作、稳定的住所、稳定的家人。然而，小玄却似乎还定格在十多年前我遇到他的那一刻：没有稳定的工作，没有稳定的住所，家里刚刚五岁的孩子就要忍受与爸爸的长时间分离。是他不够努力吗？我想不是的。就凭他当初那样努力地要认我当姐，我能看得出，他是一个被生活压着而奋力前行的人。

我们的关系很值得玩味：他要认我当姐，是对我抱有一丝幻想，想让我这个“不幸落难”的“了不得的人”拉他一把，把他拉到像我这样的人的行列之中；然而，事实却恰恰相反，反倒是他对我的帮助让我走出了泥潭，而他自己却还陷在泥潭里，难以挣脱。小玄告诉我，为了跑业务，他已经换了第二辆车。而我，自从拿到驾照之后，就从未开过车。所以，又好像是，他在飞驰，而我在原地踏步……世间之事就是这样奇妙而有趣。

十多年前，我学车的岁月，并没有使我获得驾驶技能，却让我结识了一位挚友。我希望，这份友谊能天长地久；也衷心祝愿小玄，这个遗落民间的清朝皇族，最终能在偌大的北京城里找到自己的归宿。

时 差

上个月看电视剧《小欢喜》，我听到一个很有深意的词：时差。剧中人物刘静说：我们这一代人和孩子们那一代人之间总是会有时差的，他们喜欢的东西我们欣赏不了，我们给他们定的目标也不会是他们想要的。是啊，时间不知不觉地改变了许多事情，处在人生的不同阶段，父母与子女之间生出各种各样的误会和不理解。

不同阶段的人生之间会有时差，个人生活与社会发展之间又何尝不是如此？记得我上初中的时候，从家到学校要横穿一条马路。过街的地方没有红绿灯，只有斑马线。所以，我每天上学、放学都要小心翼翼地穿过川流不息的街道。这成了我母亲时刻牵挂的一块心病。她时常感叹："唉，要是在这里修一座过街天桥就好了！"有时候，她还会义愤填膺地说："政府应该多为老百姓考虑啊！这里怎么不修一座过街天桥呢？孩子们上学多危险啊！”这件事情一直让她寝食难安，甚至，我有时候都怀疑她可能要去市政府请愿了。好在三年很快就过去了，我初中毕业考上了市里最好的高中，得每天坐公交车去上学。虽然离家更远了，但却不必再穿越那条没有红绿灯的大马路。渐渐地，我母亲也就淡忘了过街天桥的事。

然而，令我们没有想到的是，大概十多年之后，在我母亲当年强烈建议修建过街天桥的地方，居然真的修了一座过街天桥。而且，天桥两边的道路被铁栅栏隔得严严实实。这样一来，行人再也不能随意横穿马路了，必须走过街天桥。更有甚者，不仅从我们家到中学的路上修了天桥，而且我们家附近所有的马路上都修了过街天桥。从我家出发，不论走哪个方向，只要是需要过街，都必须爬天桥。修建这么多过街天桥，是为了缓解交通堵塞。近几年来，家乡经济飞速发展，私家车越来越多，为了不阻碍车辆通行，行人就只能从天桥上走了。

被过街天桥包围的家时常让我母亲举步维艰。母亲年纪大了，腿脚不灵便，而这四面八方的过街天桥实际上就是挡在她面前的一座座大山。在母亲去菜市场的路上居然有三座过街天桥，这一去一回，一上一下，加起来就相当于要爬几十层楼。对于一个老太太来说，这真的太难了。为此，母亲不得不减少出行，像被围困在城堡中一般。

城市的发展时常会跟不上人们的需求，但有时候又会超越普通人的接受能力，甚至超越想象。今年暑假回家乡，我听说前几年修建的过街天桥都要拆掉了。为了进一步缓解城市的交通压力，政府计划修建多条高架快速路，据说有一条快速路就会从我家附近经过。同时，政府还计划把过街天桥统统改成地下通道，甚至还有可能在地下通道里装上电动扶梯。听到这些消息，我们不禁又对美好新生活充满了期待。

当然，母亲照旧不紧不慢地过着日子，就像准时的钟表一样，嘀嗒嘀嗒，一分也不多，一分也不少。而她周围的世界却在加速前进，今天这里挖开了修地铁，明天那里把楼掀翻了建高速。对于未来，谁也不知道……母亲日益衰老的脚步能不能赶上交通设施的现代化进程？母亲的老年生活是会越来越便利还是相反？在社会进步的交响乐里还能否听到一个老人微弱的叹息？

时间能改变很多事情，能把人们长久的期待变成眼前的现实，甚至能将未来提前呈现。但是，个人走得有多快与社会进步有多快之间的关系是怎样的呢？在历史前进的滚滚洪流中，是不是会有太多的时差？这不免让人遗憾，又时时令人期待。

2019年9月，北京

父 亲

父亲是我心里的一块伤疤，虽然已经很多年了，却一直没有愈合。我从不愿提起，但总是在梦里回眸。哪天不小心碰到，还是会血流如注、痛彻心扉。

一、家

父亲去世的时候，我还没有结婚，墓碑上没有什么好写的，母亲就做主写了墓志铭。墓志铭里面有一句："他给人们带来了许多快乐，也带来了很多痛苦。"家里有亲戚建议把后半句删掉，但母亲决意要写上去。大概只有我最清楚，这半句话里面包含了多少委屈、愤恨和挣扎。母亲隐忍的一生，只有在这半句话里才吐露了真情。

父亲是一个乐观开朗的人。他幽默、慷慨、豪爽，好结交朋友，确实能给他身边的人带来不少快乐。只是，父亲并非适合在“家”生长的物种。所以，在家里苦苦守候的母女就免不了要受苦。父亲去世后，家里人每年上坟的时候，时常会看到有人已经去过的痕迹。可能是他生前的好友？同事？同学？父亲，不仅家里人怀念他，也有朋友怀念他，这对于普通人来说也可以算作是幸运了。

对于家与父亲，有些事情让童年的我印象深刻、终生难忘。大概是我上小学三四年级的时候，有一天夜里，母亲费劲地把熟睡中的我从床上拉起来，激动地对我说：“起来，找你爸去，他几天都没回家了。”我迷迷糊糊地爬起来，穿上衣服跟着母亲走。那时，我们家住在一座偏僻的荒山上。半夜三更，没有路灯，只有银色的月光晃动着，似乎还能听到猫头鹰呜呜的低鸣。母亲拽着我，深一脚浅一脚地，不知道要往哪里走。走了一阵，来到大街上，能看清楚路了，但却没有车。于是，母亲拽着我接着走，一句话也不说。

也不知走了多久，到了一条小街上，拐进一个有着一圈三层小楼的院落。整个院落黑乎乎的，只有靠近院门右边三层的一个房间里亮着灯，那里有人影晃动，还传出哗哗的搓麻将的声音。母亲知道，父亲就在那个房间里。我似乎能透过遮遮掩掩的转角、顺着灯光从楼下看见他，那个正吞云吐雾、高声谈笑，转瞬间输赢上万的父亲。母亲很激动，巴不得冲上去把父亲拽回家。但是，我们在楼下却找不到上楼的通道，黑乎乎的，瞎转了半天。母亲终于忍不住了，冲着楼上大喊父亲的名字。父亲被吓了一大跳。后来，他形容当时的心情："简直是半夜三更有鬼叫！"接下来的事当然是父亲极不情愿地跟我们回家，然后和母亲大吵一架。那天晚上我几乎没睡。只记得，天快亮的时候，他们不吵了，父亲走到我床边，跟我说："再见，爸爸要走了！"然后就砰的一下摔门而去。母亲赶紧过来安慰我："别听他的，他吓唬你的。"

在我印象中，这样的事时常会发生。父亲经常两三天不回家，回家也是三更半夜、蒙头大睡。我早晨起床的时候他要不就是不在家，要不就是还在睡觉。而等我放学回家，一直到睡觉之前，都见不到他的踪影。即使是大年三十，也可能出现这样的状况。有一年大年三十的早上，母亲又一次拉着我踏上了寻父之路。还好，那天走出家门没多久就看见父亲回来了。

母亲恶狠狠地说了一句:“叫花子都有三十夜!”那时,我突然觉得自己家连叫花子都不如。

即使这样,母亲仍然深爱着父亲。就好像她年轻时的一时冲动需要用整整一生来偿还一样。家里什么好吃的都要留着等父亲回来吃。一次,有亲戚送来一些珍贵的油炸鸡枞,非常好吃。母亲却舍不得拿出来吃,放在冰箱里等父亲回来吃。我嘴馋,偷了一些吃,还被母亲批评了。谁知道,父亲几天不回家,放在冰箱里的鸡枞都生霉了。这似乎恰好揭示了:美味佳肴放久了会生霉;爱,如果没有了回应,久而久之,也会变质。

我的父母是自由恋爱结合的,他们在结婚之前经历了生生死死、深入骨髓的十年恋爱。但是,在我生活的这个家庭中,他们的爱大概早已像那碗曾经鲜美异常的鸡枞一样,变了质。

二、教育

父亲对我的教育虽然不多,但绝对是刻骨铭心的。父亲在与朋友聊天时经常开玩笑说,“我们家的教育是法西斯式的”。幼年的我当然不知道“法西斯”是什么，但却深切地感受到了什么是我父亲所说的“法西斯式教育”。

先说说游泳。和许多怕水的孩子一样，我也是被扔到水里才学会游泳的。那时，我对游泳的恐惧与对父亲的恐惧叠加在一起。父亲和母亲都很喜欢游泳，而我却恐惧至极。有时，他们一大早起来就宣布要去游泳。于是，从早晨开始，我就忐忑不安，直到最终被扔进河里灌几口水，哭得上气不接下气。有时候，他们虽然一大早就宣布了要去游泳，但却因为别的事情耽搁了，或者干脆就是忘记了，最终没有去成，让我白白担心一整天。那时，我心里五味杂陈，不知是该抱怨还是该庆幸。

贵阳虽然是一个南方城市，但冬天湖面上也是要结冰的。父亲喜欢带着我在湖里游泳，尤其是冬天。在我印象中，连续好几年的大年初一，我们一家都是在黔灵湖度过的。湖面飘着薄冰，看不见一丝波纹。湖水周围的树虽然是常青的，但是与鸟鸣悦耳、蝉鸣聒噪的春天和夏天相比却少了许多生气。游客也不多，大年初一，所有人都去弘福寺烧香了，只有我们一家，独占这偌大的、冰冻的湖面。

父亲大喊几声便跃入水中，然后从水里探出头来，又喊几声，不知是兴奋还是太冷。“下来、下来！”父亲一边喊一边朝我挥手。我赶紧往水边走，也顾不上那么多了，任由着恐惧和紧张驱使我向前，就像小时候害怕被扔进水中一样，不知是害怕水、害怕冷，还是害怕父亲。在跃入水中的一瞬间，我突然清醒过来，感觉有一万根钢针扎进我的身体，不论我怎么动，这些针都牢牢地扎着我，丝毫不会松动。我的呼吸有些急促了，几乎要喘不过气来。我机械地摆动着不协调的身体，耳边传来父亲爽朗的笑声。当我上岸时，母亲递过来大毛巾。这时，我才如释重负。我终于战胜了严寒？战胜了自己？还是战胜了恐惧？

在黔灵湖游过泳，我们一家三口就去附近外婆家吃午饭。一进门，外婆听说我们去黔灵湖游泳了，就责备我母亲：“瞎搞！一个女孩子家，当心激着了！”当时听到这句话，我似懂非懂，不过第一次意识到自己是个“女孩子”。

对水的恐惧不仅限于游泳，还有跳水。有一次我和父亲在家附近的一个游泳池游泳。那时，我已经能游得很好了，还参加了省里的游泳队，所以也就没什么好害怕的，甚至有一点自豪了。因为，我已经能游得比父亲快了。然而，让我没有想到的是，迎接我的还有更大的挑战。

泳池里有一个五米高的跳台。当时，一些男孩子不断地从五米跳台上跳下来，还做出各种动作，看起来很炫酷。许多人都盯着跳台看，不时地发出欢呼声。让我没想到的是，父亲突然对我说："你也去试试吧！"面对父亲的命令，我当然没有说"不"的权利。于是，我战战兢兢地爬上跳台，每一步都走得很艰难。终于我站在了高高的五米跳台上。我从没有想到，从五米跳台上往下看会感觉这么高，比刚才在下面看起来高多了。下面的人都变成一个一个的小点，但我仍然能看见，父亲的脸上露着笑容。他大声喊着："跳吧、跳吧，就像刚才他们那样。"我站在跳台边上，脚下绿莹莹的、晃动的水，像一个漩涡，要把我吸下去一样。

我大概站了五分钟，但感觉像过去了半小时一样。父亲在下面不耐烦了，他叫刚才跳水的男孩上来教我，又给我演示了一遍。但这一切都没有用，我还是不敢跳，我站在悬崖边上，陷入了沉思……父亲怒不可遏了，开始顺着跳台的梯子往上爬。这时，我清楚地意识到，他爬上来之后，会是什么后果：一定是一脚把我踹下去。这下，我真的没有退路了，终于闭着眼睛跳了下去。也不知道情急之中自己最终是以什么姿势掉入水中的，我浑身都被拍红了，不过心里倒是放松了。毕竟，我又一次战胜了恐惧。

身为女孩，父亲一直想把我训练成一个男孩。小时候在院子里玩，如果被别的孩子欺负了回家告状，是会被父亲责骂的。父亲还专门训练我和男孩子打架。父亲最喜欢的运动员是拳王泰森。于是，我的主要训练项目就是拳击。刚开始的时候我很害怕，不敢和男孩子们打。但我更害怕父亲，所以不得不硬着头皮跟男孩子们打，闭着眼睛，乱打一气。渐渐地，我居然越来越会打了。我有个堂弟，只比我小几天，父亲经常让我俩一起练习，堂弟渐渐不再是我的对手。直到后来，我婶婶只要一看见我，就把我堂弟拉回家。

我也曾问过父亲，为什么这么注重训练我的胆量，为什么他认为“勇气”有这么重要？父亲沉吟良久，才缓缓地说：“因为，我也有害怕的时候，我也恨自己会害怕……”

三、音乐

父亲酷爱古典音乐，他的音响设备从一个饭盒录音机，到大喇叭唱机，再到配上各种音箱的环绕立体声设备，不断升级换代。但是，贝多芬一直是他的最爱。偶尔，他也会早起，甚至比我早。那时，《命运》就会把我从床上拎起来，“铛铛铛……铛”，音量巨大，就像从梦中惊醒的我急促的心跳。

父亲在音乐方面颇有天赋，嗓子好，声音洪亮，又爱唱歌，但从不按照歌词唱。有一段时间，父亲天天唱刘欢的《心中的太阳》，一开口就是：“下雪了，天晴了；下雪别忘戴草帽……”有一天，一个邻居终于忍不住了。父亲刚一拉开嗓子，邻居就礼貌地敲门，然后，在门口恭敬地跟父亲说：“李老师，不好意思哈，您唱错了。下雪天怎么要戴草帽呢？”父亲听后，哈哈大笑，连声道谢。这件事情让我们家欢乐了好几个月。

据说，我刚出生的时候，父亲还为我写过一首歌，然后指挥院子里的孩子们站成一排一起唱。我当然不记得那时的情景了。但是，从母亲兴奋的描述里，我还是能感受到当时的幸福。现在，这个世界上，大概只有母亲一人会唱那首歌了。每当她说到我刚出生时的情形，都会提高了嗓子唱两句。

印象中，我和父亲最亲近的一次交流也和音乐有关。那时，我正在自学口琴，还不太会吹。一天傍晚，我搬了小板凳坐在院子里吹。父亲听我吹不成调，就过来教我。这时邻居家正在看电视剧，传来动听的电视剧插曲。父亲静心听了一会儿，就照着曲调用口琴吹了出来。那时，院子里月色明朗，凉风徐徐，琴音悠扬，我顿时对父亲肃然起敬。哦，这大概就是一个受人景仰的父亲应该有的样子吧！

父亲去世后，他身前购置的各种音响设备，还有上千张古典音乐的CD，都放在家里没人听了。CD上落满了灰。立着的、挂着的、塞在沙发后面的大大小小、各种功能的音箱都沉默着。贵阳潮湿，怕是快要发霉了。我托朋友，费了九牛二虎之力将这些沉重的音箱搬到了北京，又专门用木板打了一个CD架，把那几千张CD整整齐齐地摆上。我照着父亲原来的样子，在电视机旁、沙发后面、屋顶角落里安置好这些形态各异的发声设备，再挑出贝多芬《命运》那张CD。

"铛铛铛……铛"，当命运的敲门声再次响起，我不禁潸然泪下、泣不成声。

后　记

世界上可能没有其他人像我这样，完全依照父亲的反面去寻找自己的另一半：老老实实工作、安安心心养家；按时上班，按时回家，回家路上还不忘给老婆打个电话，问一下要买什么菜；少有呼朋唤友，不会酩酊大醉，从未彻夜不归，每一天都过得循规蹈矩、一成不变。虽然，父亲的反面并没有我想象中那么完美，生活中我们也时常因为鸡毛蒜皮的小事而磕磕绊绊。但是，那个曾经生活在惶恐不安中的小女孩现在终于找到家了。当然，父亲还时常会到我的梦里来，就像音乐未曾从我的生命中消失一样。

爱与教育

对孩子的爱，是应该多一点，还是应该少一点？太多了，会不会变成溺爱，宠坏了孩子？太少了，又会不会因缺爱而毁了孩子的幸福？在为人母之后，我时常思考这个问题。

孩子的到来，让我突然发现自己是个非常脆弱的人，与在人前争强好胜的强势形象形成鲜明的反差。刚生下宝宝的时候，我只要听到哇哇的哭声，就会头皮发麻、心如刀绞，巴不得一直把他抱在怀里，一刻都不要放下。我妈说，你这样会把孩子惯坏的，你可以让他多哭一阵再抱起来，要不然，以后他就老让你抱。这不禁让我想起自己的童年。我很小的时候肺活量就特别大。我爸妈曾自豪地说，这就是小时候长时间哭泣练出来的。

我爸妈似乎特意为我营造了一个艰苦的成长环境，

以锻炼我抵御未知艰险的能力。还没上学的时候，我就被要求每天早晨6点独自起床跑步。我记得当时我妈每天躺在床上把我叫醒，然后，我就一个人穿好衣服，去大操场上跑步。开始我还按照我爸的要求跑四圈，1600米，后来因为没人监督，就开始偷懒。每天早晨在大操场上走几圈，看时间差不多了，就回家。结果我妈有一次跟踪我，发现原来我每天不是在跑步而是在走路，便悄悄回家告诉了还在睡梦中的我爸。我爸猛地从床上跳起来，抓起一个竹枝编的扫帚，咆哮着追着我打。我被这雷霆万钧的景象吓坏了，都不知道该往哪里藏，屁股被打了不说，脸上还被划了一道很深的口子，直到今天都还挂在嘴边。

我时常开玩笑说，孩子不是我身上掉下来的一块肉，而是“黏”在我身上的一块肉。从一岁、两岁到三岁，孩子似乎时刻都要我抱着，不论吃喝拉撒，须臾不可分离。而我也总想竭尽全力多抱抱他，希望能给他更多的安全感。在我妈眼里，这就是惯坏了孩子的表现。

这种黏糊糊的亲子关系，在孩子必须去上幼儿园的时候遇到了巨大的挑战。刚开始的时候，我每天要与孩子“搏斗”三个小时，才能将他送到幼儿园。而每次把他送到幼儿园，挣脱他的手，听着他在我身后撕心裂肺的哭喊，我都忍不住要潸然泪下。即使现在，他已经上小学了，我还是坚持每天早晨自己送他去学校。说完“再见”，我会转身就走，其实我很想一直看着他的背影，看着他走进学校的大门，看着他走进教室……直到看不见为止。但我知道，如果我一直站在那里，孩子就会不停地回头，不停地看我。想起来真有些好笑，这种恋恋不舍的场景，每天都会上演一次。

奇怪的是，我小时候似乎从未体验过这些黏糊糊的时刻。上小学的时候，我家住在一个山坡上。从山上到山下只有一条一米宽的石板路。因为山上住的人少，所以石板路上人迹罕至。我每天上学放学都走这条小路。那时候，我下午放学后还要去附近的游泳馆练游泳，经常晚上七八点钟才能回家。上学、回家我都是自己走，即使天黑了，我妈也很少去接我。我当时并没有觉得这有什么不对，但现在想起来，一个八岁的小女孩，晚上一个人走在黑灯瞎火的崎岖山路上，还是很让人后怕。

家乡经常下雨，而且是突如其来的雨。一到下雨的时候，就会有家长带着伞去学校接孩子。也有家长因为没和孩子约好，所以走岔了，没接到孩子。于是，我妈就和我约定好，下雨天，不管我带没带伞，都不来接我，让我自己想办法回家，以免走岔了接不着。所以，我就经常淋着雨回家。好在家乡的雨一般下不大，也不像北京的雨那么脏，回家后换身衣服也就没事了。

自从孩子上学之后，我每天都6点半左右起床，给孩子准备营养早餐。有时候，前一天晚上我就会应用各种“预约”功能把早餐做上。而我小时候，几乎从没吃到过家里的早餐。我头天晚上睡觉的时候，我爸多半还没回家，而我早晨出门的时候，我爸妈都还在睡觉。我的早餐不是一块钱的“糯米饭”，就是五毛钱的“铁力发”。有一段时间，我妈甚至把晚餐都省了。因为，我爸不回家吃晚饭，而我妈说晚上最好少吃点。

这些记忆一直沉淀在我的脑海里，直到我有了自己的孩子，直到我发现孩子真的是我身上的一块肉，而且是“心头肉”，这些陈年旧事才又翻江倒海地涌上来，让我觉得难以理解，甚至感到惊讶。

我爸妈从未操心过我的学习，而我总是很争气，各科成绩都名列前茅。或许，这正是他们刻意营造这种艰苦成长环境的初衷。“艰苦”造就了我坚韧的品性，让我即使在夹缝中也知道拼命生长，让我独立自主，有时候甚至能绝地反击、绝处逢生。我记得，我爸曾经逼迫我和男孩打拳击，我从开始被动挨打，到后来堂弟看见我就害怕；我还记得，我爸有好几年逼迫我大年初一在结冰的湖里游泳，那种感觉就像有千万个刀片在割我的身体；我爸还曾逼迫我从五米高的跳水台上跳下去，我在跳台上站了快半个小时，直到我爸冲上来，我才往下跳，那种让人发颤的眩晕和恐惧，我仍记忆犹新……我爸说，我们家的教育是“法西斯式教育”，而和我同龄的表亲们却说我们家是“少管所”。应该说，这些艰苦的训练确实给予了我无限的勇气，即使在最艰难的时刻，即使有一天所有人都背弃我，我也会和自己在一起，拼尽最后的力量，奋力一搏。

然而，我却不会像我爸妈对我那样，培养我的孩子。不是因为我不想，而是因为我做不到。艰苦的训练造就了我坚硬的外壳，让我看起来像石头一样；但是，一个稚嫩新生命的到来却毫无悬念地击中了我的要害——我内心中最柔软、最脆弱的部分。面对孩子，我似乎看到了小时候的自己，看到了那个需要呵护、需要温暖、需要关怀的小小的生命，那个在我身体里从未长大的可怜巴巴的小女孩。我巴不得用尽全身力气去爱他，帮他做所有的事情，排除一切危险和困难，不让他受到一丁点儿的伤害。我甚至渴望回到过去，通过他去呵护那个外表坚强而内心脆弱的小孩。

年末的一天，我去孩子的学校观摩他们的元旦联欢会，教室里张灯结彩，一片欢声笑语。几乎所有孩子都穿上了最漂亮的衣服。女孩像公主一样美丽，男孩像王子一样英俊。只有一个小女孩仍然穿着校服。我的目光忍不住在她的身上停留，总觉得于心不忍、心有戚戚。我突然想起，我小时候也很少穿新衣服，有时候一年两年都没有一件。高二那年，过年的时候我舅妈送了我一件绿色的棉袄，我穿着新衣服去学校，心里暖洋洋的。但没过多久，就有同学暗地里笑话我。原来，那件衣服是百货大楼的员工工作服，我舅妈是百货大楼的职员，因为不愿意穿工作服，就送我了。我虽然很不愿意穿那件绿色的棉袄，但也没什么衣服可穿，所以只能硬着头皮穿着去上学。

教育的真谛，难以参悟：爱，是多一点好，还是少一点好？爱，也许能让孩子幸福，却并不一定能成就他的卓越。就像糖吃多了会发苦，而苦吃多了却会回甜。人生的大戏似乎总应该是先苦后甜、苦尽甘来。然而，在那些寂静无眠的夜晚，我却未能品尝到儿时的“苦”给我带来的“回甜”。倒是那些缺失已久的爱，像一道矮矮的墙，横亘在本该相爱的亲人之间。

为什么打球？

观电影《夺冠》有感

“为什么打球？”这个问题揭开了中国女排新老两代“铁榔头”最刻骨铭心的对话。在电影《夺冠》里，女排总教练郎平反复逼问主攻手朱婷：“为什么打球？”朱婷是一个老实本分的农村孩子，她最初的回答是：“为父母打球。”郎平对这个回答并不满意，但也没给出正确答案，而是在朱婷练习扣球的时候逼她喊出来，逼她喊出为什么打球。然而，朱婷又一次让郎平失望了，因为她鼓足勇气喊出来的答案是：“因为我想成为你！”这个答案是郎平没有预料到的。

其实，郎平并没有那么自恋，并非一定要把自己的徒弟训练得和自己一模一样。郎平甚至对以前的自己有些许“反叛”，她不希望队员们像自己当年那般苦，她希望她们能喜爱排球，用英语来说就是enjoy，带着快乐去打球。所以，在有老队员坦言自己不喜欢排球的时候，郎平居然让其退役了。

那么，“为什么打球”这个终极问题的答案会不会是“为自己打球”呢？从剧情来看，好像又不是。在朱婷被追问为什么打球的那个晚上，郎平的老搭档陈忠和来到球场上，让为找不到答案而苦恼的女排队员们对着墙扣球，并且指着以前老女排扣球时在墙上留下的一个一个坑说：“你们现在什么都有了，就是‘这个’没有了。”然后，摸着自己胸口怦怦跳动的心脏，重重地说“这个”。这时，女排队员们心领神会，终于明白自己为什么而打球，那就是“祖国”！而此刻，郎平也悄悄地在球场门口露出了会心的微笑。

看到这里，观众可能要感到奇怪了。不是说好的“因喜爱而打球”吗？不是要推行“快乐排球”吗？郎平怎么出尔反尔，将“祖国”这么重的担子压在女排队员身上？不是说“瓶子要空的才能装水”吗？让女排队员们背负着全国人民的目光去打球，心理压力这么大，还怎么发挥、怎么夺冠啊？

到底为什么打球？为自己，还是为国家？打球、付出艰苦卓绝的努力、玩命训练，是因为自己喜爱，还是要为国争光？如果仅仅是为自己打球，因为自己喜欢而打球，那么队员们会心甘情愿地付出那么巨大的努力、即使浑身是伤也在所不惜吗？但是，如果要求队员们为了祖国而打球，不考虑运动员自己的人生计划和主观意愿，那么女排队员岂不成了为国争光的机器？如何解答这个悖论性的问题？

其实，为什么打球，对于这个问题，可能每一个女排队员心中都有自己的答案。这是一个没有标准答案的问题。但是，在我看来，只有在一种情况下可以激发出女排队员们最大的潜力，并且在面对对手时，发挥出最猛烈的攻击。这就是，为自己打球，同时也是为祖国打球。

个人，在浩浩荡荡的众生面前是渺小的，个人的兴趣、爱好和事业也是微不足道的。但是，如果一个人能将自己融入更大范围的集体当中，能将自己的事业与国家的发展关联起来，能将自己的心跳和祖国的命运联系在一起，甚至和全人类的进步联系在一起，那么，个人就能迸发出无比强大的力量。这种力量是由内而外的，是将自我和世界融为一体的，甚至是天人合一的。

体育运动恰恰是一项能够很好地将个人和国家、甚至是将全人类融为一体的伟大事业。在赛场上，每个运动员都在追求自己的卓越，挑战自己的极限。与此同时，运动员们也是在为国争光，在挑战人类的极限。在运动场上，运动员们的个人追求和国家荣誉完美地融合在一起（当这两者并不一致的时候，当事人就会感到非常尴尬，心情复杂。例如，郎平带美国队打球的时候），运动员们为自己而拼尽全力，也是在为祖国拼尽全力。

体育运动如此，各行各业又何尝不是如此？人们往往因为个人的兴趣爱好而找到前行的方向。但是，如果一个人的追求仅仅停留于自己的爱好，那么就很容易丧失继续探索的动力，尤其是在遇到困难、需要付出的时候，很可能就不再那么感兴趣了。所以，只有将自己的追求与社会的需求结合起来，当个人努力能够给更多的人带来福利，或者在更大的范围内产生共鸣时，人们才会被激发出坚持的力量，不畏艰险、竭尽全力。从兴趣到坚持，从坚持到事业，从事业到伟大的事业……这正是个人与集体、社会、国家、人类……不断融合的过程。在这一过程中，个人不断成长，最终成就自己也成就他人。

拼搏，为自己，同时也为国家，这或许才是真正的女排精神！

“名牌”意识还是少一点好

前几天，在送孩子上学的路上突然看见一辆漂亮的劳斯莱斯汽车。这辆车安静地停在路边：宝蓝色的明亮光泽，低调但不失帅气的造型，精致的圆形车灯……这一切让孩子兴奋不已。这阵子，他正对汽车着迷，不仅每个星期都要去汽车博物馆看车，还专门买了劳斯莱斯汽车的模型，而且百看不厌，甚至参照着模型自己设计、绘制了几张汽车外形图。为了满足孩子的好奇心，我们夫妻俩专门凑到这辆难得一见的超级名车跟前，偷拍了好几张照片。

送完孩子，我老公却担忧起来，喃喃地跟我说：“这孩子，要是他长大以后，非要我们给他买劳斯莱斯怎么办啊？”听老公这么一说，我心里也一紧，不由得想起经常听到的关于“富二代”或者假装“富二代”的纨绔子弟攀比豪车、攀比名牌的事。可叹，最终都是坑爹坑妈的结局。是啊，这么小就有这么强烈的“名牌”意识，不是要把爹妈累死吗？

回想我们成长的时代，虽然伴随着市场经济的发展和改革开放，但还没有形成消费社会特有的对名牌商品的追捧。因此，我们这代人大多没有很强的名牌意识。可能只有那些“先富起来的人”，拥有雄厚的资金，可以享受到奢侈商品带来的除了其自身的使用价值之外，象征身份和地位的附加价值。

我在意大利读书的时候，也有同学托我带一些名牌服饰。每次我都感觉很诧异，为什么这么贵的东西还要漂洋过海地从国外带回去？难道国内买不到包、买不到衣服吗？每年圣诞节前夕，坐落在罗马西班牙广场附近的“古奇”专卖店门口都会早早地排起抢购的长队。这也让我困惑不解：这么贵的东西，还要抢购？在意大利留学三年，我居然没有给自己买过一个名牌，这是不是很奇葩？

穿衣服讲“名牌”，找对象又何尝不是？当年在清华上学的时候，男女比例失衡，所以，清华女生虽然大多相貌平平，但都是男生们追捧的对象。很多女生会因此而瞧不起普通大学毕业的男生，通常都是非北大清华不嫁的。我从意大利回国，无奈与原先的清华男友分手，不得不在困顿中重新寻找未来。但那时我并没有对男方的毕业院校有任何等级制式的偏见，我希望真实地了解那个人，那个人的性格、品质以及生活习惯。没有任何名牌意识的我最终嫁给了西南交大的毕业生，这大概并不令人惊讶。

生活中处处会有“名牌”的影子，找对象如此，招学生也是一样。招研究生，老师们都更欢迎“名校”的本科毕业生。我初入学术界，没有竞争力，也没有吸引力，所以，落在我门下的学生很多都是非“名校”出身。但对于这一点，我并不在意。因为，我更愿意相信草根也可能逆袭。

我出生在教育水平全国垫底的贵州省，在贵阳市参加高考选拔，与发达地区发达城市的考生同场竞争。在上清华之前，任何“名牌”都与我的人生无缘，但我仍然幸运地来到中国顶尖的高校，成为胸前戴着“名牌”的一员。那么，现在我为什么不愿意将这样的好运也赋予那些起点极低的学生呢？如果我摘掉有色眼镜，给予他们平等竞争的机会，他们又会多么珍惜这来之不易的学习机会呢？又会如何加倍努力地学习呢？又怎么可能学不好呢？

长久以来，坊间流传着这样的说法：本科不是“211”或者“985”的大学毕业生，很难找到优质的工作。这种类似命定论的腔调将年轻人锁在了过去，直接关闭了他们通向梦想的大门。相信未来，相信梦想，这大概并不容易做到。因为，即使你自己真的相信，你不断地努力和挣扎，但你的过去已经被打上了各种各样类似“廉价商品”的标签。而只有那些胸前挂着各种“名牌”的人，他们的前途才是一马平川，可以勇往直前。相信一个人，真实地了解一个人，一切以“人”为本，排除任何命定论式的偏见，在这个人们争先恐后地以各种“名牌”来估价人生的世界，又有几人能做到呢？

其实，每一个“名牌”背后都可能藏着一个白手起家、艰苦创业的故事，商品如此，人也是如此。然而，时间的流逝却让这些曾经名不见经传的创业者成为今天新生创业者成长的障碍。在商品市场上，一双名牌鞋比一双质量相当但价格要低很多的普通鞋更有竞争力；在人力资源市场上，一个名牌大学的毕业生比一个有他十倍努力的普通大学毕业生更有竞争力；

在婚姻市场上，一个名牌公司的职员将获得更多异性的青睐。然而，世界原本有无限的可能性，个人的命运和梦想也本不该被各种各样的“名牌”所羁绊。每个人都少一点“名牌”意识，相信草根也可能逆袭，这个世界大概会更公平。

路弯弯

过年在家看电视，湖南台的《歌手》节目上，两个西藏小伙子唱巫启贤的《路弯弯》。小伙子二十出头，充满了青春活力，却一脸老成地感叹："我们的歌唱历程，正像这首《路弯弯》，充满了挫折。"

他俩最开始只是喜欢唱歌，用西藏人最原生态的方式在山坡上喊；后来，幸运地考上了内地的音乐学院，到大城市学习美声唱法，却总也找不到感觉；毕业回家后，美声唱法在家乡并不叫座，无奈又改回原来的唱法；为了在酒吧混口饭吃，迎合客人的喜好，他们开始在原生态唱法中加入摇滚、民谣、电子音乐……各种元素。他们唱的《路弯弯》并不好听，还没听完，我就忍不住要换台。但是，他们的故事却打动了我：两个年轻人，为了获得成功，不断变换自己的表演，却仍然四处碰壁。走了无数的弯路，却还在黑暗中摸索……这不禁让我想起自己的求学历程。

一

我的求学之路看似顺利，却也一波三折。这一点最明显地体现在我选专业的反复上。高中分文理班时，我父母非常希望我能读文科。父母的文科背景让他们对理科有一些偏见。用我母亲的话来说，理科是为别人学的，而文科是为自己学的。理科学得再好，只是把自己当作了工具，为别人的幸福快乐添砖增瓦；文科则不一样，文科学得好，不仅能增长见识、丰富情感，还能学会协调各种关系，提高人生境界。有人文修养的人在顺境、逆境中都能把握人生、抓住机遇。然而，当时的我一门心思想参加各种数理化竞赛，想当科学家，坚决不同意转入文科班。父母拗不过我，也只能作罢。

高中毕业，我顺利地进入了大学，学习我喜欢的理科——化学。然而，刚上大学还不到两年，我就因独立生活遭遇的各种困境而开始反思人生，并由此突然发现了文科的魅力。做化学实验之余，我开始泡图书馆看各种人文类书籍；参加人文社团，办报纸、放电影、排戏剧；还创办了自己的诗社和诗刊，舞文弄墨、以文会友……以至于到大四毕业的时候，我已经完全无法再继续化学的学习，说什么也要学哲学了。我父母当时的反应可想而知，震惊之余，几近无话可说。我父亲只说了一句："那四年的化学就白学了?！"我没有回答，就像一头倔驴一样，非要改学哲学。

父母最终随了我的愿望，或许，他们已经不想再思考我该学什么这个问题了。好在这之后我再也没有动摇过自己的信念，一直在哲学这片天地里默默耕耘。从意大利留学回来，我一个哲学女博士，找工作四处碰壁。那时，我突然想起，在我想要从化学转到哲学专业时，有人提醒过我：哲学专业可不好找工作，尤其是女生。而我当时完全听不进去，觉得这个因素根本不可能成为阻止我学哲学的理由。找不到工作，我不得不又读了一个博士后。博士后出站，我才最终在高校谋到职位，安定下来，做自己喜欢的事：读书、辩论、写文章。

一路走来，历经曲折。很多时候，我就像一只落单的梅花鹿，在大雾弥漫的森林里左冲右突地寻找出路。每一次都像参悟了天意一样，执着地朝着某个方向奔去，却难免又是一次碰壁。求学如此，恋爱也是如此。直到撞得头破血流、痛彻心扉，才最终走出迷雾，找到属于自己的那条路。

二

直到我自己有了孩子，才真正体会到父母看着孩子走弯路的心情。我的小孩喜欢画画。一天，他拿出一张一开的大纸开始画画。画着画着，他突然觉得纸太大了，让我帮他裁成两半。我跟他说："这张纸不一定大，等你画完，如果大的话我再帮你裁开。你如果现在就裁开的话，一会儿要是觉得纸小了就不好办了。"孩子不同意，执意让我把纸裁成两半，我没有办法，只好随了他。然而，纸裁开后，他没画多久，就觉得纸小了，又叫我给他粘上。我当时真想揍他一顿。我尽力克制住自己，嘟囔了一句："不听老人言，吃亏在眼前。"孩子听不懂我在说什么，而我却开始明白：或许有些"弯路"是必须走的，不走弯路，人就不会长大。

带孩子去游泳，我因为受过专业训练，在泳池里上下翻飞，引来羡慕的目光。而我的小孩却一直套着游泳圈，乐呵呵地在水里漂着玩水。有位妈妈不解地问我："我看你好像也不急着教他游泳啊？"我笑着说："是啊，让他多玩一会儿水。"我知道孩子很怕水，现在如果贸然取掉游泳圈教他游泳的话，他没准会和我拼命。其实，生命何尝不是一场等待，等待孩子走遍了所有的弯路，最终找到自己的路。在某种意义上，"弯路"也并非是弯路，是孩子通过自己的选择，执行自己的意志，而找到属于自己的人生之路。

教过书的人都知道，对于学习来说，被过快地引入正途、过快地告知答案，并不是最有效率的学习方式。有些弯路是必须走的，挫折、碰壁、重振、探寻，这些过程都是学习的必经之路。我给学生上课时，经常提一些问题让他们思考，让学生自己查资料寻找答案。这种学习方式虽然走弯路、慢一些，但培养的是钻研能力和自强不息的精神。自己找出答案，获得的是能力；被别人告知答案，最多只能获得知识。

《路弯弯》这首歌里有一句歌词："路弯弯，每一步都踏着阳光……"这看似悖论的说法，却揭示了生命的真谛。最直的路、最快的走法，并不一定能让我们搭上命运的直通车；只有走出自己的路，才能拥抱阳光。有人说，人生是一场竞赛，一步慢则步步慢；而我却觉得，人生是不断试错的过程，或许有竞争，但却无所谓快慢。通过不断地“折腾”，最终找到自己的目标，然后孜孜以求，即使走再多的弯路，也是值得的。

梦想的意义

暑假的一天，我接到一位前辈师长的电话，邀我与《诗刊》的编辑一起吃饭，聊聊诗歌。我因故不能前往。放下电话，我对自己并没有感觉“非常遗憾”有一丝惊讶。要知道，在《诗刊》上发表自己的诗歌，那可是我在很长一段时间中梦寐以求的事。

二十多年前的某一天，我突然迷上了写诗，许多美丽的句子在我的脑海中飘然而至。生活中一些不起眼的小事也能时时引发灵感，让我写出一首首精致而美丽的诗歌。那时候，我最大的梦想就是在中国诗歌的顶级刊物《诗刊》上发表自己的作品。为此，我购买了每一期《诗刊》，认真研读上面的作品，甚至模仿着去写。同时，我还不断地给《诗刊》编辑部投稿，推荐自己的作品。投稿始终是石沉大海，但我仍然十分执着地将自己的作品打印了寄过去。有一天，我终于收到了《诗刊》编辑部的回信。我激动万分地读着这封信，大概意思是说，我的诗歌还有很多缺陷，不适合发表。在信的末尾，编辑建议我参加诗刊社组织的诗歌培训班。看完信，我非常失望：原来自己的诗稿不过是如雪片一般纷飞的众多稿件中不起眼的一份而已。至于信中建议的诗歌培训班，我当时既没有钱，也没有时间，所以也就作罢了。后来，想起那封从诗刊社寄来的信，我还时时后悔，觉得自己当时要是咬咬牙，参加了培训班，说不定诗作就能发表了呢？

曾经，有位老师跟我聊起登山者的感受。他说，登山者的每一步都是在朝着自己的梦想迈进，梦想是他前进的动力。但是，当他登上山顶之后，在山顶上坐下不到五分钟，就会感到厌倦。听完这个故事，我不禁开始怀疑梦想的意义。确实，梦想或许能实现，或许不能实现。但是，关键的问题似乎并不在于梦想是否实现，而是在于，在某个时刻之后，梦想曾经拥有的那种让追梦者顶礼膜拜的万丈光芒就突然消失了。就像我的诗歌之梦：我曾经如此渴望在《诗刊》上发表自己的作品，现在我距离实现这一梦想很可能只有一步之遥了。但是，我对发表诗作却已经没有兴趣了。

倘若二十多年前，我如信中所建议的那样参加了诗歌培训班，并且经过努力最终在《诗刊》上发表了自己的诗作，那又怎么样呢？不过是我写诗的履历上多了一条记录而已。但我现在对诗歌的兴趣已经没以前那么大了，那么这样的记录对于我来说又有什么意义呢？登山者一座山一座山地去征服，直至最后征服那座最高的山。但是，在那之后呢？是对每一座山的厌倦吗？梦想的意义究竟是什么？难道只是给迷途的人们随意指引方向吗？

我不得不再次审视多年前自己对诗歌的热爱和追寻。当时，虽然我在《诗刊》上发表作品的梦想受到了重创，但依然追逐着自己的诗歌之梦。出于对诗歌的热爱，我们几个写诗的同学一起创办了清华大学第一个学生新诗社，还将诗社的活动办得有声有色：编辑社刊、开诗歌朗诵会、去兄弟院校参加诗会、参加诗歌大赛……这些事情如此鲜活地保留在我的记忆中，就像昨天刚发生的一样。有时候，我还会津津乐道地与朋友、老同学聊起这些美好的回忆。

回首为梦想而奋斗的历程，就像站在山顶上回望绵延的山脊。我曾在哪里跌倒，曾在哪里想要放弃，又曾在哪里采到美丽的野花……这一切不可能是没有意义的。或许，我曾经想要攀登的是一座更高的山，又或许我曾经想要攀登的是另一座山，但如今，我却阴差阳错地来到了这座山的山顶。这一切听起来是荒谬的，就像西西弗斯不断地推石头上山，却不知道目的地在哪里。在坚持不懈的努力中，我似乎并没有实现自己最初的梦想，甚至可以说梦想欺骗了我。但可以肯定的是，如果没有梦想，那我将注定在山脚下徘徊，那些沿途的美景都将与我无缘，而那些因克服困难而感受到的快乐也不会出现在我的生命中。

或许，这就是梦想的意义，即使是幻影，也会让人在辛苦和快乐中不断努力，丰富自己的生命，创造世界、创造未来。

梦　想

曾经梦想着
有那么一个小小的房间
挂着暖暖的黄色窗帘
飘着淡淡的炊烟

安安稳稳的，正好能装下
我们的爱情

曾经梦想着
有一只白色的帆船
在日落的时候扬帆远航
碧波在金色的余晖中荡漾
我听见那悠扬，是
你在我耳边轻声的歌唱

曾经梦想着
有一段羞涩的文字
娟秀的墨迹，浸透我的心房
一个个美妙的童话
跳动在薄薄的信纸边上

曾经梦想着
梦想着……
有那么一天
我们能实现所有的梦想

错过幸福

人生的目的是什么？相信大部分人都会毫不犹豫地回答“是幸福”。然而，幸福却是最难以捉摸的一个词。幸福是什么呢？是赚很多钱吗？有钱人也会有各种各样的烦恼。是家庭生活的圆满吗？妻儿相拥的人也可能觉得生活很无聊。是事业成功吗？身居高位的人也偶尔感叹人生没有意义。到底什么是幸福呢？对这个词有没有客观的定义呢？

在人们通常的理解中，幸福是一种主观感受，是不容别人说三道四的个人内心体验。如果我自己觉得幸福了，此刻、此地的我，如此地陶醉，即使我身无分文、亲人远隔千山万水、事业失败、在别人眼里一塌糊涂……那我也是幸福的。这种纯粹主观的感受，不依赖于任何客观条件的满足，别人也就无法评说“我”到底幸不幸福。这大概就是“幸福”一词之所以难以捉摸、众说纷纭，甚至无法定义的原因。

那么，人如何才能获得幸福呢？让人感到不可思议的是，人如果一门心思追求“幸福”，就会完美地错过幸福。举个例子，没有恋爱过的人生是不完美的。所以，很多年轻人想要体验“恋爱的感觉”。当某个男子遇到一位各方面条件相当的女子时，他认定，这是合适的体验恋爱感觉的对象，便对其展开各种追求之能事。但是，他心里的目标却不是那女子，而是要体验“恋爱的感觉”。

怀着“体验恋爱感觉”之目标的追求者，最终能体验到恋爱的感觉吗？很遗憾，不能。因为，只有当一个人纯粹将对方视为自己人生的目的、完全忘记自我时，才有可能体验到“恋爱的感觉”。看到对方笑比自己笑还要开心，看到对方哭比自己哭还要难受，甚至愿意以自己的生命换取对方的平安快乐，将对方视作比自己还要宝贵的存在——只有那时，他才可能明白什么是真正的“爱”，才可能体验到“恋爱的感觉”。相反，如果一位追求者心里一直抱着“体验恋爱感觉”之目的，始终关注自己心里快不快乐、患得患失，忽视对方的感受，又怎么可能体验到“恋爱的感觉”呢？

恋爱如此，幸福也是如此。如果一个人一心想追求幸福，而他并不知道幸福是什么，便只能追求别人所描述的幸福：金钱、美满的婚姻、成功的事业……在追求这些时，却又不能忘我地追求，而是瞻前顾后、斤斤计较，那他只能像错过“恋爱的感觉”那样，错过真正的幸福。

原来，幸福并不是人生的目的，而是人们在试图达成自己的人生目标时的美好感觉。这就像“恋爱的感觉”一样，只有当人们拼尽全力追求心中所爱时，才可能真正品尝到“恋爱的滋味”。

人们常常误将“幸福”当作人生的目标。爱孩子的父母总是说，“我希望我的孩子幸福”。殊不知，这一表达中的“幸福”是空洞的。幸福是每个人的独特感受，并不像酸、甜、苦、辣那样，可以度量，也不能单纯以“金钱”或“权力”作为标志，甚至美满的婚姻也并非必要条件。那么，当父母对孩子说“我们希望你幸福”时，他们到底是什么意思呢？其实，这句话中的“幸福”，只能由孩子自己去定义。重要的是，定义“幸福”的正确方式并不是翻阅典籍或冥思苦想，也不是人云亦云、追求别人口中的幸福，而是去做自己真正想做的事，去成为自己真正想成为的人。当这一目标达成时，幸福就在那里等你。

有心栽花花不发，无心插柳柳成荫。人生最美好的状态是幸福。但是，单纯地追求幸福，或者追求别人口中的幸福，只会让人们一而再、再而三地错过幸福。幸福总是在不经意间流入人们的心间。在你忘记幸福的时候，在你投入地爱一次的时候，在你忘我地工作的时候，在你为朋友两肋插刀的时候，在你为挽救生命而牺牲自己的时候……幸福会悄然而至，让你无怨无悔、春暖花开。

校友，“责任”而非“优待”

今天，清华大学鼓励甘肃省残疾考生魏祥的回信刷屏了，“人生实苦，但请你足够相信”这句充满正能量的话，也人人称道。按理说，在清华生活了七年的我应该为母校的慷慨陈词振臂欢呼才对。然而，各种媒体对这件事的渲染和报道却让我隐隐地感觉此事有诸多不妥，点赞之余，不免生出许多忧虑。

暂且不说清华将此事公开是否得到魏祥同学及其家属的同意，单说此事被大量报道之后，魏祥同学悲惨的家事以及身患残疾的事实传遍大街小巷，这是否会有损该同学的自尊？是否会给他及其家人带来巨大的压力？第二，如果有一些学生家境也很悲惨，但只是碍于情面不愿将自己的悲惨公开示人，那么这样的学生就不应该得到救助吗？非得像乞丐一样将断腿断手展示给人看，才能要到钱吗？第三，在此事件中，清华大学以其雄厚的实力慷慨地给魏祥同学积极的答复——假设魏祥同学考取的并非清华，而是普通高校，那他还能得到救助吗？如果不能的话，是否意味着考上了清华大学就有资格获得某种“优待”呢？

第一个问题涉及被救助者的隐私和尊严。在救助的过程中，相关机构有义务保护被救助者的隐私，尤其是在被救助者不愿公开相关信息的情况下。这就像医生给病人治病，决不能为了炫耀自己的医术而将病人的具体情况泄露给他人或者媒体。保护隐私信息是为了维护被救助者的尊严。在人们给弱势者以实质性帮助的同时，必须将被救助者当作一个正常的具有完整人格的人来尊重。如果救助者将相关情况到处宣扬，一方面会伤害到被救助者的自尊，另一方面，一些潜在的需要救助者由于害怕自己的隐私被泄露，便会望而却步，放弃申请相关的救助。这就像一些病人讳疾忌医、不去看病一样。

心理学的研究表明，被救助者的心理往往是非常敏感的，他们一方面急需物质上的救助，另一方面又期望得到与普通人一样的平等对待。心理学家时常告诫人们，对于身体有缺陷的人最大帮助就是将他们当作正常人对待。实质上，任何救助都有可能强化被救助者的自卑。因此，清华大学将此事公开，甚至传遍大街小巷，也许有助于提升清华的形象，但对于魏祥来说却绝不是一件值得自豪的事情。

第二个问题，如果魏祥考取的并非清华大学，那他还能得到救助吗？我想，理想的答案一定是“能”，但现实却可能是“不能”。一个人是否应该得到救助并不应取决于他是否足够优秀，而应该取决于他是否需要救助。一个考上普通大学的残疾学生也有上大学的权利，也应该得到相应的救助。当然，清华大学对这样的情况并没有任何责任。所以说，当务之急并不是某个大学救助某个优秀的考生，而是应该建立某种覆盖所有考生的救助体系，以“助学金”或“助学贷款”等方式，使得任何考上大学而没有相应经济能力的学生都能顺利地进入大学校园。如果能成功地建立这样的救助体系，则一方面有经济困难的考生不用自揭伤疤、赚人眼泪，另一方面，各大学也不用煽情作秀了。

另外，在名牌大学的问题上，近来“××校友”的说法也非常蛊惑人心。如此例中所隐含的意义：考上了清华就一定能上，自己不能，学校帮你。还有前段时间，某大学校友沦落深山、生养六子、无以为继，终被学校接回娘家、安排工作等等。这些新闻一方面反映了社会救助体系的缺失（如果存在有效的社会救助机制，各大学也不用急着救自己的人了）；另一方面似乎告诉人们，成了名牌大学的校友，就可以如何如何，即使沦落，也有学校来兜底。然而，在我看来，成为名校的校友，只应是承担更多义务的原因，而不应是享受任何优待的理由。这源于名校的学生占有了国家最优的教育资源，也就理应做出更多的回报，担负更大的责任。当然，校友之间搞搞联谊，谈谈过去在学校的趣事，有事情相互咨询、帮帮忙，这些都是合情合理的。但是，以“××校友”的名义而享受某种优待，则是不应该的。名校赋予学生的不仅是知识、能力和各种同学关系，还有重大的社会责任；学生当不仅因毕业于名校而自豪，更应该意识到肩负的责任和义务，努力以自己在学校里学到的知识为社会做出贡献。我们应该时刻铭记：校友，这个光荣的称号，赋予我们的是“责任”，而绝不是“优待”！

2017年9月，剑桥

结语　我与母校

回首二十多年来的学术历程，我时常会陷入身份认同的困境。我在清华求学七年，化学系四年、哲学系三年；之后，赴意大利留学三年；回国后，在北京大学攻读博士后两年；2009年至今，一直在人民大学国际关系学院任教，十年有余。其间曾师从清华大学著名学者万俊人教授、意大利著名学者卡特教授、北京大学著名学者韩水法教授。这一系列复杂的求学和工作经历，时常让我感到困惑：我到底是清华人、北大人还是人大人？

事实上，清华、北大和人大，这三所高校都曾让我感动，也有我不愿回首的经历，甚至还时常会出现让我焦虑的各种“怪相”。清华，这个最初养育我、塑造我的大园子，在我信心满满留学归国时却没有向我伸出橄榄枝，而是任我在风雨中飘摇。北大，这个我心目中的“人文圣地”，为我的“北漂”生活遮风避雨，虽不是我的长久驻留之地，却渐渐成为我精神的后花园。每次回北大，不论是参加师门聚会，还是进行学术交流，我都会灵光乍现、思如泉涌。人大，这个最终收留我的文科顶尖院校，总是以一种包容开明的态度搭建学术发展的平台，同事们之间平等而平淡的友谊（君子之交淡如水），也时时带给我感动，甚至是感恩。

三春晖无以报答，我的寸草心，到底属于谁？难道我要像蝙蝠一样，清华校庆就说自己是清华人，北大聚会就说自己是北大人，而在单位里又觍着脸向领导表白自己对人大的忠心?！蝙蝠是令人厌恶的，下场也会很悲惨。那么，我曲折的学术经历，又会带给我怎样的命运呢？

有一天，我突然明白，这个问题其实是个伪问题。因为，母校对于学子的意义并不在于为其锦上添花、供其沾光镀金。就像父母在一天天老去，而孩子却还在向别人炫耀自己的爸爸以前做了多大的官……这种幼稚的炫耀根源于孩子的不自信。活在长辈阴影里的孩子，是没有长大的孩子。他们没有足够的自我价值感，将自己的人生蜷缩在父辈的阴影之中。

关于母校与学子的关系，我最欣赏的一句话是："读书时，我以母校为荣；毕业后，母校以我为荣。"学生毕业，就像离开家去远行一样。他（她）心里不应该总是想着"母校还能为我提供什么帮助"，而是应该时时想着"我的行为如何能为母校争光"。因此，在今后的道路上，我将更努力地孜孜以求，不负母校对我的培养和期望。我期待，有这么一天，清华、北大、人大……不论哪所学校，所有那些我曾经留下过足迹的神圣的殿堂，都会把我看作她们的孩子，都能以我为荣。